아픔이 마중하는 세계에서

아픔이 마중하는 세계에서

병원 밖의 환자들이
내게 가르쳐준 것들

왕진의사 양창모 에세이

한겨레출판

프롤로그

#1

영보리. 나는 그곳에서 2년 6개월을 공중보건의사
로 근무했다. 내가 하던 일은 주변의 섬 주민들 중에 응
급환자가 생기면 배를 타고 섬에 가서 모시고 나와 육지
에 있는 큰 병원으로 후송하는 것이었다. 하지만 그렇
게 출동하는 일은 한 달에 서너 번 정도였고 대부분은 대
기 상태로 매여 있어야 했다. 내가 살던 곳은 바닷가 갯
벌 위에 지어진 관사였다. 나는 아침마다 먼바다로 나가
는 배가 바다 위에 그어놓은 물결이 밀려오는 소리에 잠
을 깨곤 했다. 저녁 무렵에는 창문을 열고 해가 지는 것
을 물끄러미 바라보았다. 나를 마지막으로 낙후된 배
가 철거되면서 내가 있던 관사도 함께 사라졌다. 남은 것

은 바람과 노을과 하루에 두 번씩 찾아오는 밀물들뿐이
었다. 자연의 아름다움과 그 아름다움 속에 있을 때 찾
아오는 평화를 처음 느꼈다. 그곳에서 나는 새로운 씨앗
이 되었다.

　공중보건의 생활을 시작하기 전 두 달간 군의관 훈
련을 받았다. 내무반 생활을 하면서 나에게 할당된 작
은 수납공간을 보고 큰 충격을 받았다. 너무 작아서가 아
니라 그 작은 공간을 다 채우지 못하는 물품들(속옷이
며 몇 권의 책, 세면도구 같은 것들)로도 충분히 생활이 가능
하다는 것, 그것도 나름대로 행복하게 살 수 있다는 것
을 그때 처음 몸으로 깨달았다. 그래서 더 열심히 군 생
활을 했다. 동료 군의관들이 속옷이며 군복을 세탁소
에 맡겨 빨아 올 때도 손빨래를 했고 저녁 식사 후에
도 내무반 TV 앞에 널브러져 있지 않고 연병장에서 달
리기를 했다. 그때부터 했던 달리기는 공중보건의 생활
까지 계속 이어졌다. 의사면허증을 따고 바로 입대했던
나는 '좋은 의사는 좋은 삶 속에서만 가능하다'는 막연
한 신념을 가지고 그렇게 공중보건의 생활을 시작했다.

　그리고 이어진 전공의 생활. 얻은 것은 내 방 책장
의 의학서적들뿐이었다. 세상이 의사라는 직업에 기대하
는 것과 의사들이 자기 스스로에게 기대하는 삶의 수준

에 부응해가며 잊어버린 것들이 있었다. 대학병원이 환자를 대하는 방식이 처음에는 참 낯설고 싫었다. 하지만 병원을 집 삼아 매일 그 안에서 숨 쉬며 살아가다보니 자연스레 내 사고방식도 닮아갔다. 자기반성을 자기변명으로 대체하며 닮아간 타성들이 전문의가 되어 환자를 만날 때도 느껴졌다. '필요한 약은 한 알이면 되는데 왜 이렇게 허전한 걸까. 소화제라도 넣어야 하는 거아닌가?' 수련을 받으면서 대학병원이나 파견병원 과장들에게 배워온 처방의 습관들. 무언가를 더 많이 처방해줘야 한다는 강박과, 환자들은 이런 간단한 처방을 이상하게 생각할 것이라는 불안이 서로 상승작용하면서 자꾸 쓸데없이 더 많은 약을 처방했다. 나는 씨앗과 다른 열매가 되어가고 있었다.

　4년 후. 냇가에 피어 있는 꽃들을 보며 자전거를 타고 원주의료생협(현 원주의료복지사회적협동조합)으로 첫 출근을 했다. 애기똥풀이며 냉이는 알겠지만 다른 꽃들은 이름이 가물가물했다. 영보리에 있을 때는 이름을 알았던 꽃들인데…. 공중보건의 생활이 끝나고 이어진 전공의 생활 4년 만에 다 잊어버렸다. 꽃 이름만 잊어버린 건 아니었다. 그 꽃들을 보고만 있어도 행복했던 마음도, 그런 마음이 가능했던 소박한 삶도 잊어버렸다.

진료가 끝나고 냇가를 따라 집으로 돌아가는 길엔 얼굴들이 어른거렸다. 주지 않아도 될 약을 처방했거나 해줘야 할 얘기를 빼먹은 분들의 얼굴이 어쩔 수 없이 떠올랐다. 최소한의 처방과 최대한의 상담은 내가 진료를 하면서 지키고자 하는 원칙이었다. 더 많이 검사하고 더 많이 처방할수록 더 많이 벌게 되는 의료 시스템에 몸담고 살더라도 최소한의 상식을 지키고 싶었다. 자꾸만 흔들리는 원칙을 지키기 위해 극복해야 할 것은 내 안에 숨어 있는 이식된 불안이었다. 그래서 마음속으로 내일의 처방전을 끊임없이 수정해갔다. 내가 근무를 시작하고 3년이 지날 즈음 원주의료생협은 전국에서 동일 질환으로 처방하는 약의 개수가 가장 적은 상위 5퍼센트 병원에 들었다는 통보를 건강보험심사평가원으로부터 받았다. 어른거리는 얼굴을 보지 못했더라면 불가능했을 일이다.

#2

진료실에 더 이상 있어서는 안 되겠다 싶은 순간이 찾아왔다. 10년째 춘천에서 동네 의원을 하고 있을 즈음이었다. 언제부턴가 처음 만나는 환자들에 대한 반가움이 줄어들었다. 진료실 문을 열고 들어오는 분들에게서 왜 이토록 멀어진 것인지 이유를 알 수 없었다. 나를 믿고 찾아오는 환자들에게 미안함을 느낄수록 그만할 때가 됐다는 생각도 커졌다. 그래서 멈췄다. 병원을 정리하는 일은 지난 10년간 동네 의원을 지키면서 했던 노력을 모두 물거품으로 만드는 일이었다. 하지만 어쩌지 못했다. 그리고 연락을 받았다. 원주의료생협에서 함께 일했던 지인이었다. 수몰된 농촌 지역에 왕진 가는 일이 생겼는데 해볼 생각이 있느냐는 거였다. 원주의료생협에서 왕진 갔을 때의 좋았던 기억이 떠올랐고 흔쾌히 승낙했다.

왕진을 가서 맨 처음 한 일은 어르신들을 노인회관에서 만나는 거였다. 무릎 관절염 때문에 좌우로 휘청이는 분, 지팡이를 짚는 분, 부축을 해드려야 겨우 움직일 수 있는 분들이 회관으로 걸어 들어오셨다. 이런 몸으로 병원은 어떻게 가시느냐 여쭤보니 봇물 터지듯 이분 저분 한꺼번에 말을 쏟아 내셨다. 시내까지 병원을 가려면 새벽같이 일어나 버스를 두 번 세 번 갈아타야 한다고 했다. 옆에 있던 마을 활동가분은 '가끔 시내까지 어르신들을 바래다드리는데 길 건너다 사고라도 날까 봐 정말 조마조마하다'고 했다. 진료실 안에서는 한 번도 들어본 적 없는 얘기였다.

프롤로그

9

경사진 곳에 위치한 박 할머니의 집 대문 앞에는 아이 무릎 높이의 계단이 세 개 있었다. 젊은이에게는 아무것도 아닌, 말 그대로 그냥 계단이다. 하지만 왕진을 마치고 가는 우리를 배웅하던 할머니는 결국 그 계단 앞에 멈춰 서서 인사를 했다. 계단을 오르내리는 일이 너무 힘든 데다 까딱 잘못해 넘어지면 골절이 될 수도 있기 때문이다. 어르신들에게 골절은 중풍만큼 두려운 일이다. 아흔이 넘은 할머니에게 그 계단은 자신을 집에 가두는 감옥이었지만 내가 진료실 안에 있을 때는 한 번도 본 적 없는 것이었다.

내가 왕진을 가는 지역의 대부분은 댐 수몰지역이다. 왕진 가서 만난 할아버지는 소양호를 가리키며 말했다. 저 물속이 내 고향이야. 하지만 생각해보면 고향만 물에 잠긴 게 아니었다. 그분들의 삶도 물에 잠겨 있었다. 진료실이라는 물 밖에서 수면 위의 세상만 바라보던 나에게는 보이지 않던 세계였다.

왕진을 소개하고 싶다는 방송사와 동행 촬영을 할 때였다. 담당 PD가 내게 물었다. "시간을 두고 어르신들의 말에 귀 기울이는 모습이 참 인상적이세요. 어떻게 그럴 수 있어요?" 내가 그랬던가. 왜 그랬을까. 생각해보니 그럴 수밖에 없어서 그랬다. 그날은 김 할머니를 만나러 가는 길이었다. 차를 타고 꼬불꼬불 산길을 지나 한 시간이 걸려 찾아갔다. 마중 나온 할머니와 반가운 인사를 하고 방으로 들어가 할머니께서 내주신 식혜를 함께 마셨다. 그런 과정을 거쳐서 만나는데 어떻게 귀 기울여 듣지 않을 수 있을까. 만약 내가 김 할머니를 진료실에서 만났다면 질환과 관련된 얘기 외의 다른 말에 귀 기울이기는 힘들었을 것이다. 환자를 한 사람으로 보게 만든 것은 바로 그런 '쓸데없는 과정'이었다. 문득 깨달았다. 내가 환자들에게서 멀어졌던 것은 너무 손쉽게 만났기 때문이었다는 것을. 속도가 돈이 되는 진료실 안에서는 가급적 빨리, 간단하게 만나야 했다. 나를 외롭게 만든 것은 바로 그 효율성이었다. 어르신들과의 만남은 그렇게 나를, 진료실 안에 갇혀 있던 나와 다른 사람으로 만들어주었다.

#3

진료실 안에 앉아 있는 환자와 의사 사이의 거리는 얼마일까. 기껏해야 1미터가 넘지 않는다. 하지만 그 사이에는 여간해선 건널 수 없는 심연이 놓여 있다. 병원에서 진료를 봐본 사람은 누구나 알 것이다. 나는 운 좋게도 그 심연을 건너보았다. 나에게 손을 내

민 누군가가 있었기에 가능했던 일이다. 의료생협에서 일을 시작할 때 신출내기 의사였던 나를, '너희들의 주치의가 될 분'이라고 자제분들에게 소개하던 어느 조합원이 떠오른다. 그런 관계가 다리가 되어 심연을 건널 수 있었다. 생각해보면 심연은 진료실 안에만 있는 것은 아니다. 카페와 거리와 집 안. 사람들의 만남이 있는 모든 곳에 있다. 건너편에 닿아보는 것. 그것이 나를 이곳에 이르게 만들었다. 그럼에도 살아갈수록 후회가 늘어난다. 후회의 대부분은 제대로 된 열매가 되어보지 못한 일이 아니라 기꺼이 다리가 되어주지 못한 일에 대한 것이다.

추 할머니는 하루에 정확히 스무 알의 약을 먹는다. 의사 중 일부는 상담 시간을 줄이기 위해 약을 늘린다. 나도 바쁠 때는 그랬다. 환자들이 새로운 증상을 호소할 때 상담에는 시간이 걸리지만 약을 추가하는 데는 10초도 안 걸린다. 그냥 클릭 한 번이면 된다. 약을 줄이기 위해 소견서를 써드린 게 한 달 전이다. 그런데 할머니는 소견서를 담당 주치의에게 제출하지도 않았다. 잊어버렸다고 한다. 요즘 들어 너무 자주 잊어버린다고 한다. 혼자 사는 할머니에게 이번에 병원 가실 때는 자제분이랑 함께 가서 주치의랑 상의해보길 권했다.

하지만 할머니는 자식들은 벌어먹고 사는 게 너무 힘들고 바빠서 한 달에 한 번 통화하기도 어렵고 당신이 아프다는 것도 모른다고 말했다. 할머니의 책상 위에는 언제 가져다 놓았는지 모를 말라버린 카네이션이 두꺼운 먼지를 뒤집어쓰고 있었다. 결국 할머니는 얼마 뒤 치매간이검사를 했다. 원치 않아도 누군가의 도움이 필요한 순간이 먹구름처럼 점점 다가오고 있었다.

아이 한 명을 키우는 데 온 마을이 필요하다지만 어르신 한 분을 건강하게 지키는 데도 온 마을은 필요하다. 한 사람의 삶을 하나의 이야기라고 할 때 우리 사회는 이야기의 시작에는 관심이 많으나 이야기의 마무리에는 별 관심이 없다. 하지만 아이는 시간이 흘러 노년이 된다. 그 이야기는 결국 나의 이야기가 된다.

600회가 넘게 어르신들의 집 문지방을 넘나들며 알게 된 것들이 있다. 목 디스크로 팔이 저린 김 할머니의 침실에서 너무 낮은 베개를 보았을 때, 허리 디스크로 다리를 들 수조차 없던 박 할아버지가 앉은뱅이 밥상에서 허리를 구부리고 앉아 식사하는 걸 보았을 때, 무릎 관절염으로 오전에 통증주사를 맞고 온 송 할머니가 쪼그려 앉아 방에 걸레질하는 걸 보았을 때 어르신들에게는 '집이 곧 병원'이라는 것을 깨달았다. 의사가 집에 찾아가지 않는다면 알 수 없는 것이었다. 집 안에서의 생활 습관이 병을 유발하거나 악화시켰고 이를 바꿔드리기 위해 노력했다. 그러나 그것이 내가 마주하는 것의 끝이 아니었다. 왕진이 거듭될수록 집 뒤 거대한 어둠 속에 웅크리고 있는 세상을 보았다. 아픈 개인 옆에는 아픈 사회가 있었다. 그것은 나 혼자의 힘으로는 바꿀 수 없는, 내가 만난 두 번째 심연이었다.

어르신들의 삶에 도움이 되어드리지 못한 채 수북이 쌓여가는 진료의뢰서와 소견서를 본다. 이 사회의 심연을 건너지 못하고 의미 없이 내게 되돌아온 편지들이다. 그리고 그 옆에는 집에까지 찾아와줘서 고맙다며 할아버지가 건넨 달걀들이 놓여 있다. 그 달걀을 건네던 할아버지의 새끼손가락 끝은 한 마디가 잘려나가 있었다. 언젠가 세상은 나에게서 뜻을 빼앗아갈지도 모르겠다. 하지만 나와 내 이웃들이 함께한 시간을 빼앗아가진 못한다. 그 시간 속에서 움튼 따뜻함과 통증과 그리움은 앗아갈 수 없다. 꽃이 꺾이고 가지가 잘려나가고 뿌리가 흔들려도 이미 마음속에 들어선 씨앗을 어쩌지는 못한다. 세상이라는 거대한 심연도 어쩌지 못하는 것을 나는 이미 가지고 있다. 일찍이 영보리 바다가 알려준 것. 바람과 노을과 밀물을 누구도 자신의 주머니에 넣어둘 수 없듯이 가장 귀한 것은 빼앗아갈 수 없고 그래서 그 무엇도 나를 가난하게 하지는 못할 거라 믿었던 씨앗의 시간을.

#4

나무에 숨어 있는 새처럼 사는 사람들이 있다. 모습을 드러내지는 않으나 아름다운 노래를 들려주는. 함께 방문 진료를 하며 부족한 부분을 따뜻한 배려로 채워준 정윤후 님, 최희선 님. 그리고 그 길 위에서 만난 수많은 분들이 나에게 보여준 마음, 그 노래를 잊지 않기 위해 글을 썼다. 이분들이 내 삶에 찾아와 부른 노래에 공명했을 뿐인데 운 좋게도 그것이 한 권의 책으로 나왔다. 책에 실리는 것을 허락해주신 커다란 마음에 진심으로 감사드린다(등장하는 분들의 사생활 보호를 위해 개인정보와 관련된 부분이 일부 바뀌었음을 밝혀둔다). 이분들의 노래에 귀기울여준 한겨레출판 정진항 본부장님, 책 한 권에 들이는 노고가 어떤 것인지 깨닫게 해준 이윤주 팀장님께도 고마움을 전한다.

내 생애 대부분은 진료실 밖에 있었다. 이 책의 대부분이 의사로서의 삶과 관련된 것이라 하더라도 그렇다. 지난 십여 년간 지역에서 여러 가지 시민활동을 해

왔다. 장터에 나가 피켓도 들고 시의원을 찾아가 호소
도 하고 지역신문에 장기간 기고도 했다. 돌이켜보면 세
상에서 가장 힘든 일은 가까이 있는 사람에게 잘하는 것
이다. 글은 삶을 단 한 발자국도 앞서지 못한다. 좋은 글
을 쓰기 위해 노력하기보다 좋은 삶을 살기 위해 노력
하고 싶다. 내 어머니에게 그래도 좋은 아들, 내 아내에
게 그래도 좋은 남편으로 기억되고 싶다. 좋은 글은 거기
에 붙은 우연의 선물일 것이다.

　　매일 소양강변을 산책한다. 강은 무언가를 위해
서 살지 않는다. 그런데도 나는 강을 바라보면 좋은 사
람이 되지 못한 것을 후회하게 된다. 수백 번도 넘게 강
을 보러 왔지만 강은 한 번도 나를 포용하지 않는다. 그
런데도 나는 강에게서 매번 위로를 받는다. 나는 지금
도 강이 나를 살렸다고 생각한다. 강을 한 번 바라보는
것보다 못한 글들을 읽어준 이들에게 마음 깊이 고마움
을 전한다. 등을 돌리고 걸어도 따듯하게 감싸 안는 햇
빛처럼, 뜻대로 되지 않는 자식이 왜 저리 사나 싶을 때
도 마음을 아끼지 않으셨던 부모님께 깊이 감사드린다.
모두들 돛을 거두고 닻을 내리는 나이에 닻을 올리고 돛
을 달았다. 아내라는 바람이 없었다면 불가능한 일이
다. 겨울 길을 걸을 때 아내는 늘 내 주머니에 자신의 손

을 넣어주었다. 이제는 내 손을 아내의 주머니에 넣어본다. 사랑하는 아내에게 이 책을 선물한다.

2021년 봄

춘천에서 양창모

목차

2. 어른거리는 얼굴들

3. 우리를 마중하는 세계

1

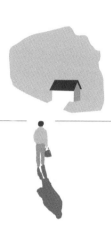

찾아가야 보이는 세계

6분의 오디션

"왜요? 왜 가시려고? 다른 선생님들도 좋은 분들이긴 하지만 선생님은 저한 테는 특별히 좋았는데 왜 가시려고. 어이구, 그냥 눈물 이 나려고 하네. 1년 후면 내가 살아 있을지 죽어 있을지 도 모르는데." 아흔 넘으신 정 할머니는 1년간 병원을 쉬 기로 했다는 내 얘기를 듣고 끝내 눈물 바람을 하셨다. 2020년, 10년 가까이 다니던 병원을 사직하기로 했다. 수자원공사에서 진행하는 왕진 프로그램에 참여하기 위 해서였다. 처음 이 병원에서 일을 시작할 때는 검은 머리 였던 나도 그동안 머리가 파뿌리처럼 희끗희끗해졌다.

"이렇게 가면 어떻게 해요. 내가 선생님한테 신세 진 일이 얼마나 많은데…" 다음에 들어오신 서 할머니도 결국 눈물을 터트리고야 만다. 그 눈물 앞에서는 나도 무너져 내리고 말았다. 할머니도 나도 알고 있다. 누가 누구에게 신세를 진단 말인가. 서로가 서로에게 기대어왔을 뿐이다. 할머니가 있어서 나는 밥벌이를 했고 나로 인해 할머니는 그래도 건강이 조금이나마 나아지셨을 것이다. 진료실을 나가는 문 앞까지 할머니를 배웅하면서 마음을 추스를 새도 없이 또 다음 환자를 만났고 이별을 했다. 병원을 그만두게 됐다고 얘기하고 양해를 구했다. 다음, 그다음 환자도 결국 이번 만남이 마지막일 가능성이 높다. 내년에 다시 돌아와서 진료를 본다는 보장도 없고 설사 돌아온다 하더라도 그때 그분들이 나를 다시 찾아오리란 보장도 없다.

뜻이 좋아 참여했지만 왕진은 시작부터 삐거덕거렸다. 기획자들은 나에게 3월부터 시작된다고 얘기했지만 4월이 넘어가도록 함께 일할 간호사와 마을 활동가를 뽑지 못했다. 그날 저녁, 정 할머니와 서 할머니의 눈물을 뒤로하고 왕진 프로그램을 준비하는 회의에 갔다. 처음 만나는 분들과 명함을 주고받고 얘기를 나누었다. 참여하게 된 왕진 프로그램은 댐 건설로 인해 수몰된 지역 주민들에 대한 지원 사업이다. 6개월 동안 30명 이상의 대상자를 발굴하고 200회 이상 왕진을 가는 것이 목표라고 했다. 첫해의 성과를 토대로 이듬해에 계약을 연장해야 하기 때문에 왕진이 마무리되는 연말에는 보고서를 발표하는 자리도 있다. 수치화된 목표들이 달성되면 이 사업은 성공한 것일까. 글쎄… 그렇지는 않을 것이다. 물론 우리는 밥벌이를 해야 하고 그래서 목표를 달성하기 위해 노력해야 하지만, 우리가 하는 일이 밥벌이에만 그친다면 밥벌이 자체의 의미도 사라질 것이다. 왕진의 성공 여부는 정량화된 숫자가 아니라 한 사람의 삶에 있다.

2005년 원주의료생협에서 저녁 왕진을 갔을 때 나는 보이지 않는 거대한 장벽을 보았다. 한국 사회는 건강에 대한 책임을 한 개인에게 대부분 떠넘긴다. 한국의 의료 체계라는 장벽을 넘을 수 없는 사람들이 그 너머에 있었다. 진료실 안에 있을 때는 보이지 않았던 사람들이다. 돈이 없어서, 장애가 있는데 도와줄 사람이 없어서, 차편이 없어서…. 이루 다 말할 수 없는 '없어서'의 이유 때문에 집에서 나올 수 없는 사람들이 거기 있었다. '없어서' 없는 존재가 되어버린 그들이 늘 마음의 짐으로 남아 있었다. 왕진을 하면서 우리가 건넨 손을 잡고 그 장벽을 넘어오는 이가 한 사람이라도 있다면 왕진 프로그램은 성공했다고 할 수 있을 것이다. 수몰 지역의 왕진 요구 조사를 다녀온 분들은 처방전 발급을 요구하는 주민들이 많다는 얘기를 전했다. 시골에서 약을 처방받으러 시내까지 나가는 게 번거로우니 의사가 왕진을 와서 처방전을 발급해달라는 것이다. 나는 그러한 요구를 수용하는 것도 중요하지만 왕진이 없어서는 안 되는 사람들, 여러 사정으로 집에서 못 나오는 환자들을 찾아가는 일이 먼저일 거라고 말했다.

"약을 타는 것도 타는 거지만 원장님 뵈면 그냥 마음의 위로가 돼서 참 좋았는데 이렇게 간다 하니 어젯밤에는 눈물이 나오려고 하드라고." 약 탈 시기도 아닌데 내가 병원을 그만둔다는 소식을 전해 듣고 달려오신 임 할머니는 말씀하셨다. 과분한 이야기라는 걸 알고 있다. 진료실 안에서의 내 모습이 어떤지는 누구보다 내가 잘 알고 있다. 진료실에서 환자 한 명을 만나는 데 들이는 시간이 얼마인지 궁금해서 하루 날을 정해놓고 시간을 측정해본 적이 있다. 한 명당 평균 6분이었다. 마치 오디션을 보러 온 사람들처럼 그 6분 동안 환자들은 지난 한두 달 동안 있었던 증상과 부작용과 궁금증을 의사에게 모두 보여주고 해결하고 나가야 한다. 수익을 걱정해야 하는 병원 행정처로부터는 그 6분조차도 길다며 진료를 좀 빨리 봐달라는 압력을 매번 받아야 했다. 어쩌면 나와 할머니들은 매달 그렇게 오디션을 치렀던 것인지도 모른다. 그 짧은 오디션을 통해서도 우리는 마음을 주고 인연을 만들어낸다. 그러나 무대에 서 있는 사람과 심사위원석에 앉아 있는 사람의 경계가 분명한 오디션과 달리, 나와 환자들은 모두 그 무대 위에 서서 서로에게 자신의 노래를 불러주었다는 걸 무대의 조명이 꺼진 지금에서야 느낀다. 그 과분함과 고마움 때문에 나는 내가 무언가를 하고 있는 시간은 동시에 무언가를 하고 있지 않은 시간이기도 하다는 것을 깨닫는다. 그래서 왕진 프로젝트 회의를 하는 내내 속으로 물었다. 내가 하고 있지 않은 일의 가치를 나는 알고 있는가. 내가 하려는 일은 내가 하고 있지 않은 일에게 부끄럽지 않은 일인가. 10여 년간 우리 병원을 찾아와준 할머니들과 잡았던 손을 놓으면서까지 내가 하려고 하는 일이 무엇인지에 대해 묻지 않을 수 없었다.

　영화 〈1987〉을 보았을 때의 일이다. 영화에는 등장하지 않는 인물 하나가 영화 속에서, 영화를 보는 나를 보고 있는 느낌이 들었다. 영화를 보는 내내 나를 바라보던 그는 공동체의 미래를 고민하느라 자신의 미래를 꿈꾸는 데 미숙했던 한 청년이었다. 그 영화 속에서처럼 시위를 하다 전경들에게 끌려가 어딘지도 모르는 시골에 한밤중에 버려져 물어물어 서울 자취방으로 다시 돌아와야 했던 그. 시위를 진압하던 군인이 던진 짱돌에 머리를 맞고 기절해 응급실에 실려 갔던 그. 그랬던 그가 이제 오십을 바라보는 나이에 고가의 스피커를 집 안에 들이길 꿈꾸는 오늘의 나에게 물었다. 그때의 너에게 중요했던 것이 지금의 너에게도 중요하냐고. 마이마이 카세트 테이프를 들으며 행복했던 그가 지금의 나에게 물었다. 지금의 너는 과연 괜찮은 거냐고.

의학관 6층. 내가 다니던 의과대학 6층에는 학회실이 있었다. 그곳에서 나는 '만약 내가 바라는 세상의 모습으로 지금 이곳에 사는 사람이 있다면 바로 이 사람들일 것'이라 생각했던 친구와 선후배들을 만났다. 나는 그들을 망설임 없이 '우리'라고 부르고 싶다. 우리. 밤늦은 시간까지 대자보를 쓰고 '찌라시'도 만들던 6층은 우리가 원했던 세계 그 자체였다. 그곳을 떠나온 지 벌써 25년. 그동안 우리는 우리가 원하지 않는 세계 속으로 들어가 그 안에서 우리가 원했던 세계를 만들어가야 했다. 25년의 시간 속에 내가 찾으려 했던 것을 한마디로 표현한다면 아마 '마을'일 것이다. 마을 속에서 스스로 좋은 사람이 되어 좋은 사람들과 좋은 인연을 맺고 싶었다. 어쩔 수 없이 6층에서 세상 속으로 내던져진 나는 내가 사는 곳에서 6층의 세계를 복원하고 싶었다. 마을의 모습으로. 하지만 나는 이런 모습으로 이런 곳에 있다. '마을에서 조금 떨어진 이곳'이 가끔 낯설게 느껴질 때 '그때의 나'는 또 내게 이렇게 얘기하는 것만 같다.

"진실을 찾아나가는 사람은 저절로 좋은 사람이 된다. 우리가 좋은 사람이 못 되는 것은 운이 없어서도 아니고 열심히 살지 않아서도 아니다. 진실을 찾아가려는 노력을 중지했거나 더 이상 진실을 찾지 않아도 된다고 자만했기 때문이다. 그때의 우리가 젊었기 때문에 우리가 원했던 세계가 가능했던 게 아니다. 지금의 우리가 나이 들었기 때문에 우리가 이렇게 하찮은 세계 속에 있는 게 아니다. 자신이 모른다는 것을 알고, 자신이 원하지 않는 세상의 모습이 분명하고, 자신이 원하는 세상의 모습을 여기에 만들어보겠다는 의지가 또렷하면 그는 저절로 좋은 사람이 된다. 모든 것을 걸고서라도 저 건너편으로 가겠다는 의지를 가질 때 새로운 세상은 열린다. 새로운 세상이란 장소가 아니라 행동이다. 새로운 세상은 우리가 도착하는 곳에 있지 않다. 과정 자체가 이미 새로운 세상이다. 마을이란 유토피아는 우리가 도달하는 곳이 아니다. 우리가 만들어가고 있는 것도 아니다. 우리가 만들어내려고 행동하는 순간에만 나타났다 사라지는 것이다. 마을은 그런 모습으로만 있고 그것으로 충분하다."

영화 속에서나 진료실에서, 혹은 일상의 다른 곳에서 '그때의 나'를 마주한 날은 마음 깊은 곳에서 눈물이 솟아오르는 것만 같았다. 그 눈물은 내 안에 있는 '질문하는 나'가 지금의 나를 뚫고 나오는 용암 같은 것이었다. 멈추지 않을 수 없었고 돌아보지 않을 수 없었다.

　　언젠가 다시 늦지 않게 할머니들에게 돌아갈 것이다. 나에게 허락된 마을로 돌아가 다시 무대 위에 설 것이다. 무엇 때문에 떠나 있었다고 설명하지 않아도 그 무대 위에 흐르는 나의 노래가 모든 것을 설명할 것이라 믿는다.

추억은 방울방울

"할머니, 옆집에 사시는 분 있어요?" "응, 애가 하나 살아." 소양호가 내려다보이는 어느 깊은 골짜기. 유치원은커녕 식당 찾는 데도 한참이 걸렸던 이곳에 아이가 산다는 말에 나는 되물었다. "이야, 이 산골에도 애가 있어요? 몇 살인데요?" "응, 아마 일흔 정도 됐을걸?" 이 말씀을 하신 할머니의 나이는 올해 아흔 셋이다.

이렇게 예기치 못하게 '웃픈' 순간도 있지만 왕진을 가는 시간 대부분은 슬픈 얼굴을 마주하는 시간이다. 우리 앞에 앉아 있는 어르신의 삶도 슬프지만 그 어르신들을 대하는 우리의 모습도 슬프기는 마찬가지다. 이곳은 내가 동해안으로 갈 때마다 지나쳤던 동네다. 멀리 보이

1 찾아가야 보이는 세계

31

는 소양호가 참 멋있었고 거기에 옹기종기 모여 있는 시골 동네의 모습도 '추억은 방울방울' 자체였다. 그냥 그림 같았다. 하지만 막상 그 한 방울 한 방울 안을 들여다보면 묵직한 먹구름이 드리워져 있었고 언제 터질지 모르는 상태였다. 아흔이 넘은 할머니는 치매가 어느 정도 진행되어 보였다. 처음 들어갈 때는 우리를 알아보고 날씨도 뜨거운데 돌아다니느라 고생한다며 포옹까지 해줬지만, 잠깐 얘기를 나누는 사이에 갑자기 모르는 사람 대하듯이 어디서 왔냐고 반문을 했다. 그런데도 혼자 사신다. 옆집에 사는 분이 자제들의 부탁을 받고 챙겨드린다고는 하지만 혈압약을 매일 챙겨 먹는 것도 버거워서 약들이 한쪽에 먼지처럼 수북이 쌓여 있었다. 할머니에게 물어보니 약 먹는 건 하나도 없다 한다.

　오후에 만난 다른 지역의 할머니는 걸어서 5분도 안 되는 위치에 보건진료소가 있는데도 멀리 시내까지 혈압약을 타러 갔다. 보건진료소 혈압약이 안 맞아서 시내까지 가신다고 했지만 진찰을 해보니 결과는 달랐다. 오히려 할머니는 병원에서 처방받은 혈압약의 부작용으로 변비와 하지 부종에 시달리고 있었다. 약을 바꿔야 했다. 다행히 대체할 약은 보건진료소에 구비 가능한 약 중 하나였다. 반가운 마음에 보건진료소에 전화해 약을 가져다놓을 수 있는지 문의했다. 보건진료소장의 대답은 뜻밖이었다. 약을 가져다놓을 수는 있지만 재고 처리가 힘들어 주문하지 못한다는 것이다. 사정을 말씀드리고 할머니의 경우 매일 약을 복용하실 테니 1년 반이면 약이 다 소진되어서 재고는 걱정하지 않아도 될 거라고 설명까지 했지만 진료소장은 약을 주문하지 않겠다는 뜻을 굽히지 않았다. 더는 설득할 수 없어서 전화를 끊고 고민 끝에 시 보건소에 전화했다. 보건진료소에 특정 약을 가져다놓도록 신청할 수 있는 방법이 있는지 물었다. 해당 지역의 보건진료소장이 신청하지 않으면 주민이 신청할 방법은 없다는 답이 돌아왔다.

할머니에게 시내에 살고 있다는 아들의 연락처를 물어보자 바빠서 전화를 받기 힘들다고 했다. 전화를 걸어봤으나 지금은 통화를 할 수 없다는 안내 멘트가 나온다. 그런 아들을 평일에 불러 약을 타러 시내까지 함께 가야 하는 마음의 짐은 어떨 것인가. 나와 보건진료소장처럼 차가 있고 건강한 사람들에게는 이곳에서 약을 타는 것과 시내까지 가서 약을 처방받는 게 아무런 차이가 없을 것이다. 하지만 난청과 무릎 관절염에 시달리는 할머니에게 그 거리는 단언컨대 쌀 두 가마니를 짊어지느냐 마느냐의 차이일 것이다. 청력을 거의 상실한 할머니는 묻는 말에 계속 "나는 몰라. 나는 몰라"라고 답했다. 하지만 정말 모르고 있는 사람은 그런 어르신들의 삶을 모른 체하는 우리들 자신이었다.

　퇴근 후 답답한 마음을 안고 노을이 지는 강변으로 자전거를 타고 나갔다. 해 머리맡에 거대한 구름이 드넓게 펼쳐져 있어서 마치 천지창조의 모습을 보는 것 같았다. 늘 다르면서도 한결같이 놀라운 하늘. 삶에서 잃어버린 것을 자연에서 되찾으려 하기 때문일까. 삶이 힘겨울수록 자연은 아름답다. 어쩌면 자연은 인간들의 삶을 안타까워하는 신이 매일매일 보내는 작은 선물일 거라는 생각이 들었다. 내 삶도 이 세상을 살아가는 나에게 그런 선물이 될 수 있기를. 우리 모두에게 그런 일이 일어나기를.

멀미

홍 할머니는 춘천 시내 병원에 가본 지가 벌써 5년이 넘어가는 분이었다. 약은 아들이 타다주고 있었다. 5년 넘게 못 봤던 의사 얼굴을 이제야 보는 셈이다. "약 타러 가는 병원에서 할머니 모시고 오라고 안 그래요?" 내 질문에 아들이 답했다. "의사는 오라고 하는데 가지를 못하니까. 전에 한번 약 타러 갔는데 멀미가 너무 심하셔서요." "아, 그래요" 했지만 속으로는 '겨우 멀미 때문…?'이라고 생각했다. 올해는 건강검진 대상자가 되는 해이니 꼭 한번 시내에 가서 혈액검사를 해볼 것을 부탁드렸다. 하지불안증후군이 의심됐기 때문에 혈액검사로 철분의 저장 상태를 확인해야 했다. 진통제를 장기간 복용하고 있어서 간 기능과 콩팥

기능 검사도 필요했다. 무릎 관절염도 심했고 어깨 관절
도 많이 굳어 있었다. 아들 부부와 함께 살고 집에 차도
있으니 가려고 하면 춘천 시내 병원에 갈 수 있을 것이
다. 그런데도 단지 멀미 때문에 최근 수년간 주사 한 번
을 맞지 않은 게 의아했다.

　할머니를 만나고 시내로 돌아오는 길. 건봉령이라고
하는 큰 고개를 넘어 소양호를 옆에 끼고 실타래처럼 꾸
불꾸불한 길을 지나오는데 속이 울렁거려서 차를 세우고
잠깐 쉬어야 했다. 나처럼 건강한 사람도 멀미가 나서 속
이 메스꺼워진 것이다. 하물며 팔십이 넘은 어르신들은
어떻게 이 길을 넘어 춘천으로 갔을까? 그제야 할머니의
상황을 이해할 수 있었다. 자꾸 혈액검사를 해보시라 강
조했던 게 미안해지기도 했다. 경치가 수려한 건봉령의
고갯길은 할머니를 나오지 못하게 가두는 자물쇠 같은
거였다. 젊고 건강한 이들에게는 아름다운 경치 덕에 차
를 세우고 너나없이 풍경 사진을 찍을 만한 그 길이 노인
들에게는 거대한 장벽이 되는 것이다.

　만약 내가 그 아드님을 진료실 안에서 만났다면 많
이 나무랐을 것이다. 다음에 혈액검사하러 직접 오시지
않으면 약 처방도 어려울 수 있다고 겁을 줬을지도 모른
다. 진료실 안에 앉아 있으면 모든 게 너무 쉽다. 그래서

이해를 못한다. 그 쉬운 일이 왜 그렇게 어려운지를…. 어려움에 처한 사람들은 모든 일이 너무 쉬운, 나 같은 사람들을 설득해야 한다. 슬프고 또 미안하지만 사실이다. 하지만 진료실 밖 어디에선가는 나도 어려운 사람이 될 수 있고 이해받아야 하는 존재일 수 있다. 분명한 것은 그때의 나를 이해해줄 사람은 모든 게 너무 쉬운 사람들이 아니라, 나에게서조차 이해받지 못했던 어려운 사람들일 거라는 점이다.

　돌이켜보면 의료는 진료실 안에서만 이루어지는 것이 아니다. 환자의 집에 이르는 과정도, 그가 사는 곳을 보고 그의 가족을 만나는 것도, 거기에서 돌아오는 과정도 모두 의료다. 그 모든 과정에서 이루어진 판단으로 다음의 의료적 조언과 판단을 하는 것이다. 돈벌이가 안 되는 과정은 비효율적이란 이유로 모두 삭제해버린 지금의 진료실 체제는 의사의 시간을 분 단위로 환산해 돈을 뽑아낸다. 그 시스템에서 나의 멀미는 아무 의미가 없는 무익한 경험일 것이다. 하지만 그 멀미가 나에게 준 이해는 과연 나와 할머니에게 의미가 없을까.

　물론 할머니 무릎에 관절강내 주사를 놓는 데 그 이해가 직접적인 도움을 주지는 못한다. 주사를 맞고 나서 무릎 통증이 줄어드는 것도 약물의 효과지 의사의 이해가 준 효과는 아니다. 그러니 의학은 분명 '나의 이해'는 아무런 의미가 없다고 말할 것이다. 하지만 나는 의미가 있다고 말하고 싶다. 왜냐하면 내가 만나는 것은 질병이 아니라 환자라는 '사람'이기 때문이다.

환자라는 사람은 관절염 주사를 맞는 일 자체보다 주사를 맞으러 가는 과정이 더 어려운 경우도 많다. 의료가 장벽이 되는 게 아니라 삶이 장벽이 되어 치료를 못 받는 사람들이 있다. 현대의학은 사람을 배려하지 않는다. 질병을 다룰 뿐이다. 의학은 병이 없어지는 때가 치료가 끝나는 시점이라 말할 것이다. 하지만 병을 치료할 수 없을 때도 환자를 치유하기 위한 노력은 계속해야 하는 것이 의사다.

왕진을 가면서 주로 만나는 것은 고통이다. 질병의 증상으로 생기는 통증을 말하는 게 아니다. 진료실 안에서 환자를 만날 때 제거되는 것이 환자들 삶의 맥락만은 아니다. 고통의 사회적 맥락도 제거된다. 며칠 전 진료실 밖에서 만난 유 할머니는 돈 10만 원의 부담과 입원 권유 때문에 몇 년 동안 자신을 괴롭혀온 안검하수(위쪽 눈꺼풀을 올리는 근육의 힘이 떨어져 위 눈꺼풀이 아래로 처지는 현상) 수술을 포기했다. 20년 가까이 새벽 버스를 타고 시내로 혈압약을 타러 갔던 송 할머니는 24시간 활동혈압을 측정한 결과 혈압약을 복용하지 않아도 되는 상태였다. 그러니 진료실 밖에서 내가 마주한 것은 유 할머니의 안검하수나 송 할머니의 백의(白衣) 고혈압(평소 집 혈압은 정상인데 하얀 가운을 입은 의료진 앞에서만 혈압이 올라가는 현상)이 아니었다. 그것은 할머니의 눈 수술을 허락하지 못하는 사회적 제약이고, 매달 혈압약을 처방하면서도 한 번도 환자가 혈압 측정을 권유하지 못하는(절대 3분 이상 진료하지 않는) 상품화된 의료의 맨 얼굴이었다. 홍 할머니로 하여금 무릎 관절염 치료를 포기하게 만든 것도 실은 멀미가 아니었다. 환자가 있는 곳에 의사가 찾아올 수 없게 되어 있는 이 기이한 시스템 때문이었다.

진료실 밖의 세상에서 아픈 사람과 아픈 사회의 경계는 흐릿했다. 진료실 안에 있다보면 내가 마치 한 사람의 차량 정비공이 된 듯한 느낌이 들 때가 있다. 진료실 안으로 들어오는 고장 난 차들을 정비해 다시 세상으로 내놓는 것이 내 역할이었다. 하지만 진료실 밖으로 나와보니 알게 됐다. 고장 난 것은 세상 자체였다.

매운 냄새

"처음에 소변이 자주 마렵다 해서 애들이 대학병원에 데려갔는데 전립선 검사를 한다고 해. 늙은이를 이틀씩 굶겨가지고 검사를 하는데 아주 초주검이 돼서 왔어. (남편이) 이제는 죽으면 죽었지 다시는 검사 안 한다 그래. 어찌어찌 회복하고 검사 결과 확인하러 갔더니 전립선암 수치가 높아서 다시 검사를 하라는 거야. 그래서 내가 그랬어. 나이가 팔십 아홉이고 저렇게 기운이 없는데 무슨 검사를 또 해. 데리고 가지 말라고 우겼어. 근데 애들은 아닌 거야. 암일 수도 있다니까 또 데리고 가서 검사를 했어. 그러곤 집에 왔는데 다 죽은 사람으로 온 거야. 화장실에 간다고 해서 데려다줬는데 문을 닫자마자 기력이 없어 넘어진 거야. 병원에 가보니 고관절이 나갔다고 해서 수술을 했어."

김 할아버지와 최 할머니는 부부다. 3개월 전 할아버지를 처음 뵈었을 때는 허리 통증 탓에 보조기를 차고 있기는 했지만 일상생활에 필요한 기능은 대부분 잘 유지되고 있었다. 전립선암은 느린 암이어서 암표지자 검사는 최소한 기대수명이 10년은 넘어야 권유받는다. 89세인 할아버지에게는 아무런 의미가 없을 가능성이 높다. 담당 의사는 왜 검사를 더 하자고 했을까? 결정하는 사람과 실행(혹은 경험)하는 사람이 분리되어 있기 때문이다. 현대사회는 괴리사회다. 결정하는 사람은 경험하는 사람의 고통으로부터 안전하게 괴리되어 있다. 결정의 주도권을 쥐고 있는 사람은 대부분 전문가나 관료들이다. 검사를 받는 동안 고령의 환자가 받을 삶의 충격에 대해 의사는 무지하다. 검사 결정을 내리는 의사가 자신의 결정을 간접적으로라도 체험한다면 아마도 검사의 절반 이상이 줄어들 것이다. 할아버지가 겪는 고통의 일부는 그런 괴리사회로부터 온 인재였던 셈이다.

할머니께 할아버지가 넘어지신 화장실을 보여달라고 했다. 낯이 익었다. 아차 싶었다. 3개월 전 왕진 왔을 때 화장실이 급해서 썼던 곳이다. 화장실 실내화를 신고 바닥을 걸어봤다. 여전히 미끄러웠다. 그냥 두면 할머니도 미끄러질 판이었다. 아, 나는 그때 뭘 본 걸까. 그때 왜 미끄럼 방지 타일을 붙여야 한다는 얘기를 하지 못한 것일까. 할 수 있었으나 하지 않은 일들이 자책으로 돌아왔다. 나 자신도 그런 인재의 원인 제공자였던 것이다.

이분들이 사는 마을은 왕진을 가고 있는 48개 리 중에서도 내가 내심 가장 자랑스러워하는 곳이다. 무엇보다 이곳은 마을 공동체가 살아 있다. 오랜 기간 활동해온 마을 활동가들의 역할이 컸을 것이다. 한번은 마을 센터에서 점심을 먹고 있는데 어르신 한 분이 리모컨을 들고 와서는 TV가 안 켜진다고 하셨다. 나는 속으로 '뭐 그런 것까지…' 했다. 하지만 마을 활동가 중에 맥가이버로 통하는 분이 흔쾌히 "밥 먹고 이따 가볼게요" 하는 것이다. 생각해보면 나도 리모컨에 딸린 수많은 버튼 때문에 애를 먹은 적이 있다. 상대적으로 젊은 나도 그런데 하물며 어르신들은 어떨까. 마을 주민들 간의 관계가 어떤지는 통증 주사를 놓아보면 대번에 안다. 통증 주사를 맞고 있던 신 할머니가 그런다. "여기 옆집 송 씨도 허리가 아파서 애를 쓰잖아. 허리 아프다면서 일을 할 건 다 해." 거기를 가보란 얘기다. 송 할머니 집에 가면 또 그런다. "이위에 윤 씨 있잖아. 그이가 그렇게 무릎이 아픈가벼." 하다 하다 결국에는 우리가 고백한다. "이제는 저희도 들어가봐야 해요." 서로가 서로를 돌봐준다는 것은 이런 것이었다. 하지만 그 자랑스러움이 무슨 의미가 있을까. 우리가 뭔가를 이루어냈다고 생각했던 바로 그곳에서 어르신들의 삶이 무너지고 있는데.

"암 검사 하기 전에는 식사도 곧잘 했어. 배추도 묶어야 된다, 파도 숨궈야 된다, 고추도 따라, 잔소리도 하고 기력이 괜찮았거든. 늙은이를 끌고 다니면서 검사만 안 했어도 기력이 없어 넘어지진 않았을 텐데…" 할머니의 한숨이 깊어질수록 나 자신에 대한 아쉬움도 또렷해졌다. "나는 한번 다녀오고 병원에 가지도 않았어. 보기 싫어갖구. 눈물 날 것 같아서. 애들한테도 안 간다고 했어. 화딱지가 나서. 애들도 자기 벌어먹기 바쁜데 하루 간병비가 10만 원이야. 못되고 나쁜 죄는 내가 다 덮어쓸 테니까 어서 돌아가시라고 내가 그러고 있어." 그런 얘기를 하는 할머니의 눈가엔 눈물이 하염없이 흘렀다. 수술 후 할아버지는 상태가 좋지 않아 호흡기를 하고 있다. 할머니는 할아버지가 누워 있던 방의 침대를 치웠다. 이제는 돌아오시지 못할 거라 생각하시는 것 같다. 대신 거기에는 고추들이 널려 있었다. 할아버지가 잔소리를 했다는 그 고추일 것이다. 매운 냄새가 눈을 찔렀다. 눈물이 날 것처럼.

가까이 오래

_____ 고탄 마을은 춘천 시내에서 차로 40분 정도 거리에 있는 곳이다. 왕진을 가기 위해 만난 이 마을의 활동가는 나를 조용한 곳으로 부르더니 말했다. "선생님, 부탁이 있어요. 마을회관에서 어르신들 만날 때 의자랑 탁자가 마을회관에 꼭 필요하다는 얘기를 해주세요. 특히 노인회장분들에게 꼭 얘기해주세요. 제가 얘기하면 전혀 듣지를 않으세요." 그 말을 듣고 마을회관에 가보니 정말 의자와 탁자가 없었다. 어르신들은 다들 양반다리를 하고 방바닥에 쪼그려 앉아 있었다. 오랫동안 좌식 생활이 몸에 배어 탁자가 없는 게더 편한 것이었다. 농촌에는 오랜 농사 노동으로 인해 허리 디스크, 목 디스크, 무릎 관절염이 푸성귀처럼 흔하

다. 좌식 생활은 이 세 가지 질환을 악화시키는 중요한 원인이 된다. 그런데도 어르신들이 모여 함께 밥도 해 먹고 화투도 치면서 하루 종일 시간을 보내는 마을회관이 좌식 생활을 유도하는 구조였던 것이다. 깜짝 놀라서 어르신들에게 당장 의자와 탁자를 마련할 것을 권유했다. 그래도 의사 명함을 가지고 있는 사람의 말이라 어르신들은 수긍했고 앞으로 의자와 탁자를 들여놓을 계획을 세웠다.

마을 활동가는 그다음에 고탄 마을에 갔을 때도 나를 또 조용한 곳으로 불렀다. "마을에서 춘천 시내의 병원을 가려면 버스를 두 번 세 번 갈아타야 하고 두세 시간이 넘게 걸립니다. 어르신들이 가까운 곳에서 진료를 볼 수 있는 방법이 없을까요?" 얘기를 듣고 어르신들을 만나보니 이번에도 정말 그랬다. 어르신들은 새벽에 일어나 지팡이를 짚고 버스에 올라 병원 진료를 본 뒤 오후 늦게나 되어서야 집으로 돌아왔다. 그래서 우리는 한 달에 두 번 마을 진료소를 열기로 계획했다.

고탄 마을에서 우리 왕진팀이 한 일은 그저 마을 활동가의 질문에 답하는 것뿐이었다. 활동가를 만나기 전에는 다른 마을에 갈 때처럼 '왕진을 가면 이분들도 좋아하실 거야. 우리가 해줄 수 있는 것만 잘하면 돼'라고 생각했다. 그러나 마을 활동가의 질문은 우리의 사고방식을 바꿀 것을 요구했다. 우리가 어르신들을 위해 무엇을 해줄 것인지 묻기 이전에 어르신들이 우리에게 무엇을 말하는지를 먼저 들어야 한다는 것이다.

마을이 가장 잘 알고 있다. 가장 가까이 있는 사람이 가장 정확한 답을 알고 있다. 무엇을 하든 먼저 그들에게 물어야 한다. 그것이 고탄 마을 활동에서 얻은 교훈이다. 나름대로 지역의 시민사회에서 이런저런 일을 해온 지가 10년이 넘어간다. 시간이 지날수록 현장 가까이 오래 머물러 있는 사람이 점점 줄어든다. 다들 '한자리'씩 더 큰 일을 하기 위해 떠나갔다. 그 마음이 이해도 되지만 때론 지역의 시민사회가 뿌리는 죽어가는 커다란 나무처럼 보이기도 한다. 뿌리는 말라가는데 잎은 번성한다. 현장에서 멀리 있을수록 우리는 큰 것을 기획한다. 큰 모임, 큰 건물, 큰 사업. 명망가들이 오고 대학교수가 오고 국회의원이 온다. 분명 필요한 일이다. 그렇지만 누군가는 주민들 가까이에서 작은 것을 바꾸려는 노력을 해야 한다. 의자와 책상을 마을회관에 들여놓고 마을 진료소를 기획하는 일은 멀리서는 보이지 않는다. 큰 기획도 이 작은 일들이 전제되지 않는다면 제대로 이루어지기 어려울 것이다. 많은 이들이 작은 것에는 귀 기울이지 않는 것 같다.

큰 노력을 들이는 것에 비해 별로 빛나 보이지 않기 때문인지도 모르겠다. 하지만 내 눈에는 조그마한 일상의 영역에서 작은 변화를 이루어내는 분들이 그렇게 반짝반짝 빛나 보일 수가 없다. 밤하늘의 작은 별 같다. 앞으로도 마을 활동가와 주민들이 탈 없이 따닥따닥 오밀조밀 살 수 있기를 바란다. 식물이 땅 아래 씨앗에서 자라나듯 희망은 이 세상의 맨 아래쪽에서 움틀 것이다.

가난하지 않다

'어, 욕창이 이 정도
야?' 권 할아버지를 처음 만난 날, 상태가 예상했던 것과
너무 달라 놀랐다. 20년 가까이 고혈압과 당뇨를 앓아오
다 중풍이 생긴 권 할아버지는 와상 상태에 계신 분이다.
자식들은 모두 타지에 있고 황 할머니 혼자서 10년 넘게
할아버지를 돌보고 계셨는데 할머니도 여든이 가까운 나
이였다. 오랜 와상 상태로 인해 뼈가 돌출된 부위마다 욕
창의 흔적은 있었으나 그 정도면 관리가 잘된 편이었다.
'병 수발 3년에 효자 효부 없다'는 말도 있지만 10년 넘
는 시간을 고려하면 거의 기적과 같다고 할 수 있었다.

　할아버지의 혈당 수치가 너무 높게 나온다며 왕진
요청이 들어와서 두 분이 사시는 임대아파트에 간 날, 방

안에는 못 보던 아주머니 한 분이 더 계셨다. 혈당은 기기로는 측정이 안 될 정도로 높았다. 갈증도 많이 난다 하셨다. 더 오래 두었다가는 비 케톤성 고 삼투압 상태(급성 당뇨합병증으로 인한 혼수상태)에 빠질지도 모르겠다는 생각이 들었다. 119를 불러 대학병원에 가시라고 말씀드렸다. 할머니는 할아버지가 입원했을 때 양팔이 묶여 있기도 했고 워낙에 검사도 많아서 고생을 많이 했다며 어떻게 또 거길 가느냐고 눈물 바람을 하셨다.

치매가 동반되어 있던 할아버지는 정말 팔을 잠시도 가만히 두지 않았다. 수액을 맞혀드리기도 거의 불가능했다. 하지만 아직은 혈압과 소변 양이 어느 정도 유지되는 것 같아 하루 저녁 더 지켜보기로 했다. 내일도 혈당이 이렇게 높으면 정말 대학병원에 입원하셔야 한다고 말씀드렸다. 무엇보다 할머니에게도 마음의 준비가 필요한 듯 보였다. 인슐린 주사를 맞혀드리면서 교육을 하는데 옆에 계시던 아주머니가 자신도 가르쳐달라 한다. 여쭤보니 옆 동에 사는 이웃이었다. 할머니가 눈이 어둡고 기계 조작이 서툴러 인슐린 주사를 못 맞힐 것을 걱정하셨다. 그러면서 자신도 같이 배워서 필요할 때 와서 놓아주겠다는 것이었다. 알고 보니 그분도 당뇨 환자였다. 다만 사용하는 인슐린의 종류가 달라서 할아버지가 맞아야 할 인슐린의 조작을 조금 낯설어했다. 게다가 1년 전에는 췌장암 때문에 수술까지 했다고 한다. "얼마 못 살겠지요?" 내게 물었을 때 아주머니의 눈망울 속에 들어 있던 희망과, 예후가 가장 좋지 않은 암이라는 사실 사이에서 우물쭈물하고 말았다.

할머니는 눈이 침침해 주사기의 단위를 읽을 수가 없고 기억력도 가물가물해 조작하는 순서도 까먹었다. 젊은 눈, 젊은 기억을 가진 자식들은 어디에 있을까. 그이들도 다 먹고살기 바빠서 도와줄 여건이 안 되었다. 이튿날 아침 출근길에 다시 할머니 댁을 들렀다. 옆집 아주머니도 와 계셨다. 할아버지는 다행히 혈당이 250대가 나왔다. 대학병원은 안 가도 될 것 같다고 할머니를 안심시키고, 아주머니에게 아침에 할아버지가 맞아야 할 인슐린을 한번 맞혀보라고 했다. 다행히 조작을 잘하셨다. 나중에 함께 엘리베이터를 타고 내려오면서 알게 된 것인데, 아주머니는 어젯밤 잠결에도 인슐린 조작 순서를 머릿속으로 계속 그려보았다고 한다. 그러면서 예전엔 참 총명했는데 수술한 후로 기억력이 예전 같지 않다며 안타까워했다. 췌장암으로 배의 반을 가르는 수술을 한 아주머니가 당분간 아침저녁으로 인슐린 주사를 맞혀주기로 했다.

퇴근길 개천가에 메꽃이 한창이다. 바람에 흔들리는 들꽃이 외로울 거라 느낀 적이 없다. 비가 오지 않으면 햇살이 없으면 흙이 없다면 단 하루도 살아갈 수 없는 꽃이 외로워 보인 적은 없다. 서로 기대며 사는 것은 외롭지 않다. 세상살이의 외로움이란 사람은 누구나 자신만을 위해서 살아갈 뿐이라고 느끼는 순간 찾아온다. 돌이켜보면 그분들에게 주어진 삶의 조건은 이 세상이 가난하다는 증거이지만 그분들이 살아가는 모습은 희망의 증거가 되기도 했다. 가난한 사람은, 실은 가난하지 않다. 그들을 가난하다고 여기는 사람들이 실은 가난한 것인지도 모른다. 장에 다녀오는 엄마를 마을 입구까지 마중 나와 기다렸던 아이들은 모두 어디로 갔을까. 그분들에게서 자식을 훔쳐간 이 도시적 삶의 살찐 얼굴이 실은, 가난의 증거는 아닐까. 내겐 지금의 세상이 가져다주는 풍요가 불어난 체중처럼 부담스럽다.

서로 다른 시계

하다못해 마스크도 그 곳을 잊지 못한다. 왕진이 끝나고 저녁 산책을 나갈 때까지도 마스크에는 그날 왕진 다녀온 곳들의 냄새가 배어 있다. 오래도록 환기가 안 되어 공기가 고여 있는 곳, 햇빛이 들지 않아 찌든 습기가 구석구석 들어앉은 곳, 사람보다 곰팡이가 더 오래 살아온 듯한 곳에서 느껴지는 눅눅함. 어제도 이 냄새가 마스크에서 났었다. 가는 곳은 다 다르나 냄새는 같다. 사람들은 다 다르나 사는 모양새는 같은 것처럼.

왕진이 거듭될수록 나는 계속 계단을 내려가고 있었다. 여기가 맨 밑인가 생각하면 그 아래 또 다른 밑이 나왔다. 처음 시내 인근 지역으로 왕진을 갔을 때는 그래도 집의 형태를 갖고 사는 분들을 만났다. 방으로 들어가는 번듯한 문도 있고 창문도 있고 간소하지만 부엌도 있는 그런 집. 시내에서 멀어질수록 방과 방의 경계선이 점점 사라졌다. 여기가 안방인지 부엌인지 거실인지 알 수 없었다. 먹다 남은 찬거리와 음식들이 펼쳐놓은 이부자리 옆에 널브러져 있었다. 그러다가 집과 집 아닌 것의 경계선도 점점 사라졌다. 멀리서 보면 집인데 가까이서 보니 움막이있던 곳도 있었고 컨테이너에 살고 있는 분들도 만났다. 컨테이너 옆에 간이 천막을 쳐놓고 부엌 대용으로 쓰고 있었다. 장마가 끝나고 한여름이 되면 땡볕에 데워질 컨테이너 안이 벌써부터 걱정스러웠다. 그러다 마지막엔 제발 컨테이너라도 하나 장만하시라고 권유해드리고 싶은 할아버지를 만났다. 집이라기보다는 차라리 비닐 포대 더미라고 하는 것이 더 적절한 곳이었다. 방이 좁아서 아예 들어가지도 못하고 밖에서 진료를 봤다. 나는 걸터앉고 할아버지는 쪼그려 앉고 마을 활동가와 사회복지사분은 서서 얘기를 나누었다. 진료를 보는 내내 집에서는 묘한 냄새가 났다. 나오는 길에 할아버지한테 "어르신, 앞으로 사실 날도 많은데 컨테이너라도 하나 장만하지 그러세요?" 했다. "진작에 알아봤는데 너무 비싸!"라며 손사래를 치셨다. 나오는 길에 배웅을 해주시

1 찾아가야 보이는 세계

는 할아버지를 보면서도 거기에 사시는 할아버지만큼이나 다음에 올 일을 걱정하는 나 자신이 씁쓸하게 느껴질 정도였다.

아궁이에 불을 때는 집. 금방 불이라도 난 것처럼 아궁이 주변은 그을린 자국들로 덮여 있었고 방 안 장판은 시커멓게 변색되어 있었다. 할아버지, 할머니, 그리고 아들. 할아버지는 뇌경색이었고 할머니는 학교 근처에도 가보지 못해 글을 읽을 줄도 쓸 줄도 몰랐다. 아들은 겨우 숫자를 쓸 정도의 지적 장애 3급 장애인이었다. 시계가 세 개나 있었으나 모두 가리키는 시간이 달랐다. 어느 하나 맞은 것이 없는 시계는 거기에 사는 분들의 사정을 가리키고 있었다.

"할머니, 왜 이렇게 살이 빠졌어요?" 오랜만에 할머니를 만난 사회복지사가 깜짝 놀랐다. 지금은 홀쭉한 배가 전에는 나와 있었다고 한다. 확인해보니 할머니는 올해 건강검진 대상자였다. 형편이 어려우시면 검진이라도 빨리 받으시라고 권했다. 그것만 해도 살이 빠진 원인을 알 수도 있다고 설명해드렸다. 하지만 할머니는 전혀 할 생각이 없는 표정이었다. "할머니, 나이가 어떻게 되세요?" "칠십 셋." 하지만 주민등록번호를 확인해보니 여든이었다. 이분들에게 시간은 도대체 어떻게 흘러가고 있는 걸까. 흐르고 있기는 한 걸까. 혈압을 측정해보았다. 두 분 모두 수축기 혈압이 180mmHg이 넘어갔지만 어찌할 방법이 없었다. 우리 센터에서 차로 한 시간 반이 넘는 거리였고 며칠 내에 다시 올 일정도 잡혀 있지 않았다. 가장 가까운 보건진료소는 차로 15분 거리. 하지만 차가 없는 이분들에게 가파른 산길을 1킬로미터 이상 걸어 올라가야 나타나는 버스정류소는 너무 먼 곳이었다. 답이 없고 막막했다. 오십이 넘어 보이는 아드님이 숫자는 겨우 옮겨 적는 것 같아서 혈압기를 빌려드리며 두 분의 혈압을 측정해보라고 말했지만 아마 제대로 하지 못할 것이다.

여기에서 거기는 얼마나 멀까. 강변을 산책하면서 나는 다시 타임머신을 타고 지금으로 돌아온다. 2020년이란 시간 속으로. 우리는 동시대에 살면서도 각기 다른 시간대에 산다. 우리가 어느 계층에 속해 있느냐에 따라 시간은 다른 속도로 흐른다. 할머니 댁의 제각각인 시계처럼. 나와 할머니는 다른 나라 사람이었다. 20년 전 전공의 시절에도 나는 서울 시내에서 왕진을 갔었다. 돌이켜보면 그때 마주했던 '하꼬방'에 살던 어르신들의 삶은 결국 하나도 달라지지 않은 셈이었다. 20년 동안 나는 아내도 만나고 번듯한 직장도 생기고 집도 장만했지만 그

곳에서는 시간도 그분들의 삶처럼 나아가지 못하고 고여 있었다. 그 고여 있는 시간에 비치는 것은 그분들의 삶이 아니라 내 삶이었다. 이런 분들이 나와 동시대에 살 거라고는 전혀 상상하지 못한 채 위로 올라가기 위해 안간힘을 쓰고 밑으로 떨어지지 않기 위해 전전긍긍하면서 살아온 삶.

　내가 참여하고 있는 왕진 프로그램의 한 실무자를 만났을 때다. 그는 이 일의 필요성에 많이 공감하면서도 의료와는 무관한 회사가 왕진 프로그램을 지원하면서 생기는 심적 부담을 토로했다. 필요한 일이고 의미가 있다는 것을 알지만 이런 일은 보건소나 공공의료기관 같은 곳에서 해야 하는 일이 아니냐는 것이었다. 나도 동의했다. 실은 나도 그렇게 생각하고 있었다. 하지만 공공의료기관이 해야 할 일을 못하고 있을 때 우린 어떻게 해야할까. 그들에게 책임이 있으니 그들이 책임질 때까지 마냥 기다릴 수는 없었다. 기다리는 동안에도 누군가는 중풍이며 심근경색에 걸려 평생 안고 살지 모를 마비와 후유증을 겪기 때문이다. 이 사실을 알고 있는 사람은 아무도 그 책임에서 자유로울 수 없다.

　왕진을 가다보면 가끔 답이 없다고 느끼는 순간이 찾아온다. 하지만 답이 없다 말하는 순간 답은 사라진다.

나는 무관하다 말하는 순간 답은 없어진다. 이건 공공의
료에서 해야 할 일이라고 떠넘기고 돌아오는 순간 그것
은 누구의 일도 아닌 일이 된다. 나는 늘 믿어왔다. 한 사
람의 이웃이 국가보다 중요하다고. 그렇다면 나는 왜 그
한 사람의 이웃이 되면 안 되는가. 그런 질문들이 길을
만들어줄 것이라 믿으며 나는 다시 왕진가방을 챙긴다.

선을 넘지 않는다는 것

"아는 사람이 갖다준 약이야." 허리 통증이 심한 할아버지는 구석에 감춰놓은 약을 꺼내놓으신다. 처방전도 없는 약을 지인이 그냥 보내줬다고 한다. 무슨 약인지 감이 왔다. "먹을 때는 괜찮더라고." 약을 일일이 확인해보니 그럴 만도 했다. 덱사메타손과 디클로페낙과 피록시캄이 모두 들어 있었다. 소위 마약성 진통제를 제외하고 쓸 수 있는 모든 진통제를 한 봉지에 다 담아놓은 것이다. 의사들은 각각의 약제 하나만도 부작용 때문에 조심해서 쓰는 약이다. 복용하면 금방 통증은 좋아질지 모르지만 위궤양부터 장출혈 가능성까지 부작용의 위험성은 급격하게 증가한다. 더군다나 할아버지는 혈전용해제도 복용하는 분이어서 그 위험성은 건강한 사람에 비해 훨씬 높다. 의료인이라면 양심상 이런 약은 처방할 수가 없다.

하지만 이런 일은 비일비재하다. 최소한의 전문가적 양심도 없는 약사가 마치 다단계 영업을 하듯 아는 지인들로부터 건너고 건너 소개받은 환자들에게 이런 식으로 조제해서 약을 택배로 보내준다. 예전에 근무하던 병원에서는 멀리 경상도 어딘가에 있다는 의약분업 예외 지역 약국에서 택배로 약을 받았다는 할머니도 본 적이 있다. 할아버지도 그냥 받은 약이라고 하면서도 '한 봉지에 2천 원 한다'는 얘기를 곁들인다. 당연히 증상이 빠르게 개선되니 효과가 좋다고 느끼고 입소문이 난다. 부작용이 나타난다 하더라도 환자들은 그 약 때문이라고 생각하지 못한다. 그렇게 해서 약국은 돈을 번다.

2020년 〈한겨레〉와 인터뷰를 했다. 〈한겨레〉에 기고한 지역의사제 관련 글이 계기가 되어 인터뷰 요청이 온 것이다. 인터뷰할 때의 나는 마치 의료생협과 왕진의사만 했던 사람 같다. 하지만 그 중간의 10년 동안은 봉직의로서 진료실을 지키는 보통 의사였을 뿐이다. 인터뷰를 할 때 봉직의 시절의 나에 대해서는 전혀 말을 하지 않았다. 별로 할 얘기가 없다고 해야 맞을 것이다. 의료생협 얘기할 때는 '이건 너무 옛날 얘긴데…' 왕진 얘기할 때는 '이건 너무 최근 얘긴데…' 속으로 생각하면서 자기기만 같아 불편하기도 했다.

"어머, 어르신 이발하셨네! 어디서 하셨어요? 잘 자르셨네요." 간호사인 최희선 선생님이 보자마자 하는 말에 어르신은 멋쩍어하면서도 얼굴엔 벌써 웃음이 번진다. 주사 맞는 자세 하나 잡을 때도 할아버지가 불편해할까 봐 여기저기에 쿠션을 대어준다. "나 때는…"으로 시작하는 할아버지의 거듭되는 수다도 건성으로 듣지 않고 하나하나 대꾸해준다. 통증치료 후 30분을 누워 있어야 하는 어르신 옆에 혹시 몰라 물병을 챙겨드리고 다른 거 필요한 게 있는지 꼭 묻는다. 20여 년간 이런 일을 해온 사람답게 어르신에 대한 배려가 몸에 배인 분이다. '나보다는 이분이 그 기사에서 말하려는 주제에 어울리는 분인데' 하는 생각이 저절로 들었다. 그에 비하면 나는 그저 선을 넘지 않고 살려 애썼던 사람일 뿐이다. 아마 모르긴 몰라도 잠깐씩 선을 넘었던 적도 있었을 것이다.

돌아오는 길에 할아버지에게 회수해온 약봉지를 바라보고 있자니 우울해졌다. 약은 하나의 거울이 되어 우리 사회를 비췄다. 이 사회가 선을 넘어 어디까지 왔는지. 거대한 빙산처럼 수면 위에 떠올라 있는 그 약은 수면 아래 잠겨 있는 우리 사회의 방식을 드러내고 있었다.

누가 어떤 피해를 입든 내 알 바 아니고 나는 돈만 벌면 된다는 방식. 수면 아래 잠긴 빙산의 무게가 무겁게 마음을 짓눌렀다.

〈한겨레〉에 실린 기사를 신기한 듯 보고 있는 나에게 아내는 신문에 실린 할머니의 사진을 마음에 걸려 했다. 생각해보니 사진을 찍는 것에는 동의를 구했지만 신문에 실릴 수도 있다는 말씀은 미처 드리지 못했다. 아차 싶었다. 다시 할머니 댁에 찾아가 어쭤보았다. 다행히 할머니께서 흔쾌히 동의해주셨다. 가끔 책이나 신문을 읽다보면 자기 자신을 들여다보는 얘기는 없고 다른 사람들의 삶을 들여다보는 걸로 돈을 버는 글들이 너무 많다고 느꼈다. 그 피상성 때문에 그리고 그들이 제시하는 희망의 불가능성 때문에 그들은 자신이 대변하고 있다고 느끼는 사람을 두 번 죽인다. 어쩌면 나도 그런 사람들과 많이 다른 사람은 아니었을지도 모른다. 그럼에도 내가 선을 넘지 않으려 노력한다면 그건 내 옆에 최 선생님이나 아내 같은 사람이 있기 때문일 것이다. 전염되는 건 코로나만이 아니다. 마음도 전염된다. 부부만 서로 닮아가는 게 아니다. 우리는 모두 가까이 있는 사람을 닮아간다. 우리의 얼굴은 세상의 얼굴이다.

대체 불가능한 사람

                     진료실을 나왔지만 왕진을 가면서도 내 말에는 여전히 소독내가 났다. 하지만 동행하는 최 선생 말에는 포근한 흙냄새가 났다. 나는 주로 소독하고 찌르는 일을 한다면 최 선생은 붕대를 감고 감싸 안는 역할을 한다. 진료실 밖에 나와서도 나는 여전히 진료실 안에 있었지만 최 선생이 함께 있으면 방문한 곳은 어디나 사랑방이 되었다. 가는 곳마다 살갑고 화기애애한 곳으로 방 안의 정서를 바꾸어주었다. 궁금했다. 원래 천성이 그런 걸까. "원래 그랬어요. 초등학교 때 준비물이 있으면 저는 늘 두 사람 거를 가지고 갔어요. 보면 늘 준비 못해 오는 친구들이 있었거든요."

    〈한겨레〉에 실린 기고문 때문에 방송사에서 몇 번

연락이 왔다. 주로 왕진을 주제로 한 다큐멘터리를 제안하는 내용이었다. 그때마다 궁금했다. 다큐멘터리의 중심 인물은 왜 의사여야 할까. 공공의료의 현장에서 뛰고 있는 사람의 얘기를 다룰 때 사람들의 삶에 밀착되어 있는 의료진이 의사만 있는 건 아니다. 예를 들면 20년 넘게 방문 간호를 했던 최 선생 같은 분. "의사들은 사실 간호사가 없으면 일을 못해요. 수술실에서 보면 수술하는 의사들은 배꼽만 기억해. 자기가 만졌던 장기만 아는 거예요. 이 환자가 누군지, 병력이 뭔지 모르는 의사도 많아요. 우리가 옆에서 가르쳐줘야 해." 농담처럼 다큐멘터리 한번 해볼 생각이 없는지 제안해봤다. "싫어요. 다큐는 말을 정말 잘해야 하는데 말 만드는 걸 잘 못해. 사는 게 다큐 같다는 얘기도 많이 들었어요. 농담을 모른다고."

그러면서 전에 신문기자를 만났던 경험을 얘기해줬다. 가족들이 학대하고 방임했던 할머니가 있었다. 집은 완전히 판잣집에, 힘이 없어 지팡이도 질질 끌고 다니는 할머니였다. 볼일 보고 싶다 해서 화장실에 모시고 갔는데 까딱 잘못 디뎠다간 정말 빠져 죽을 것 같았다. 옛날 재래식 화장실, 널빤지만 두 장 있는 그런 화장실이었다. 욕창도 심해서 집에 두면 돌아가실 것 같아 보험공단에 연락하고 단체들의 지원도 받아서 요양원에 보내드렸다. 한 달 후 요양원에 다시 찾아갔을 때는 얼굴이 너무 좋아져 있어서 뿌듯하기까지 했다. 한 신문사에서 할머니의 이야기를 다룬다고 인터뷰를 해 갔다. 다음 날 신문에서 보니 그냥 한 줄 처리된 기사뿐이었다. 그 기자는 할머니의 사연을, '어 이거 맛있는 거 같아' 하고 한번 맛만 봤을 뿐일 거라고 최 선생은 덧붙였다.

그래도 방송을 타면 왕진센터 홍보도 되고 좋지 않을까. "신문에 사진 났다고 좋아지는 것 없어요. 그게 바꾸는 건 없어요. 지역사회에서 꾸준히 하면서 사람들의 삶이 좋아져야 해요. 제겐 환자분들이 중요해요. 그분들이 '거기 가면 의사가 이런 것까지 꼼꼼히 봐줘' '거기 가면 간호사가 너무 살가워' 그런 얘기 듣는 게 좋아요. 우리가 공공의료를 지향합네 하는 기사가 나는 건 하나도 중요하지 않아요. 환자와 보호자가 알아주고 함께 일하는 동료들이 이만하면 쪽팔리지 않구나 하면 되는 거예요. 꾸준히 하면 떳떳할 수 있어요."

대체 불가능한 사람이 있다. 상황과 역할에 의해서가 아니라 그가 누구냐에 따라 중심은 움직인다. "어느 날 제가 방문 가던 집 딸한테 전화가 왔어요. 다른 가족보다도 저한테 먼저 연락을 했어요. '엄마가 이상해요.

밥을 못 넘겨요' 하는 거예요. 가서 보니 엄마는 죽어 있었어요. 죽은 지 얼마 안 돼서 체온이 아직 남아 있으니까 살아 있는 줄 알고 밥을 먹인 거예요." 최 선생은 딸을 보듬어주고 함께 장례를 치렀다. 우리는 죽음이 언제 찾아올지 모르며 그것을 어떻게 대해야 할지도 모른다. 가까운 친구에게도 나는 최 선생처럼 하진 못했다. 그의 말을 들으면서 의사인 나는 부끄러워졌고 한 인간으로서 먹먹해졌다.

살아갈수록 마을에 대한 희망은 희박해진다. 시민사회의 일을 하면서 가장 힘들었던 것도 '우리'가 '저들'과 결코 다르지 않다는 사실을 마주할 때였다. 우리의 욕망, 표현, 사고, 싸움의 방식이 모두 우리의 반대편에 있는 사람들과 비슷하다고 느낄 때 자주 길을 잃었다. 공동체 안의 '한 사람'으로 인해 공동체에 대한 희망을 잃지 않을 수는 있었지만 내가 의존하는 것은 여전히 공동체가 아니라 한 사람 한 사람일 뿐이었다. 내 삶의 불씨가 되었던 것도 늘 공동체가 아니라 한 사람이었다.

돌이켜보면 찾아오는 사람이 늘 있었다. 처음 녹색당 활동을 춘천에서 시작할 때도 서울에서 여기까지 찾아와 '이전에는 없던 정당'이 될 거라며 녹색당 소개 팸플릿을 나와 아내의 손에 쥐어주고 간 사람이 있었고, 처

음 세월호 모임을 춘천에서 시작할 때도 내 직장에까지
찾아와 '이 문제가 해결되지 않으면 평생의 짐이 될 것
같다'며 함께해달라고 호소한 사람이 있었다. 나를 시작
하게 하는 사람들, 기상나팔처럼 잠을 깨우는 사람들이
늘 있었다. 이제는 알 것 같다. 그토록 오랫동안 찾아 헤
맸던 마을이란 결국 이런 빛나는 개인에 대한 그리움의
표현이었음을.

태장동 할머니(1)
-내가 만난 숲

#1

─────────────── 태장동 할머니는 결국 세 가지 관상동맥이 다 막혀서 심도자를 통한 풍선확장술(개흉 수술을 하지 않고 심장 혈관의 좁아진 부위를 기구를 이용해 늘려주는 시술)로는 치료할 수 없다는 연락이 병원에서 왔다. 처음 할머니께 흉통의 양상을 들었을 때 어느 정도는 진행이 됐을 거라 예상했지만 그렇게까지 심하리라고 생각하진 못했다. 결국 개흉 수술을 하지 않으면 언제 돌아가실지 모르는 상황인 셈이었다. 급히 이곳저곳 연락해서 알아보니 기본 수술비만 3백~4백만 원이 필요했고 거기에 추가로 간병인이며 기타 부대비가 최소한 백만 원 이상 필요했다. 하지만 할머니는 그런 비용을 감

당할 만한 형편이 전혀 안 되었다. 의료보호 1종에 가족이라고는 돌아가신 남편 전처의 아들뿐이라고 했다. 그 아들마저 연락이 끊긴 지 오래라고 했다. 이런 사정 탓에 처음 흉통이 있다는 얘기를 듣고 심도자술을 받도록 설득하는 데도 몇 달이 걸렸다. 그때만 해도 풍선확장술로 치료가 가능할 것이라 생각했고 비용은 개인적으로라도 어떻게 해볼 수 있을 것 같았다. 하지만 결과가 예상보다 훨씬 안 좋게 나와버린 것이다.

어떻게 할 것인지 의료생협의 최 실장, 재가케어 팀장과 논의했다. 심장재단의 후원을 받으면 수술비는 그런대로 해결할 수 있을 테지만 최소 수백만 원이 예상되는 다른 비용은 어떻게 충당할지 막막했다. 더군다나 그것도 입원 기간이 3주 정도로 가장 짧다고 가정했을 때의 얘기고 할머니의 경우는 얼마나 더 걸릴지 장담할 수 없었다. 일흔이 넘으신 나이에 사시면 얼마나 사신다고 중환자실에 몇 주를 입원해야 하는 수술을 하느냐는 의견도 있었지만 결국 우리는 그 감당할 수 없는 금액을 감당하기로 하고 수술을 추진하기로 했다.

집으로 돌아오는 내내 마음이 무거웠다. 안 그래도 어려운 병원 살림이었다. 병원 식구들 회식 때 최 실장이 우스갯소리로 그랬다. '빈곤층이 다른 데 있는 게 아니라 우리 병원 직원들이 빈곤층'이라고. 백만 원 월급으로 네 식구 생계를 책임져야 하는 사람부터 파산 신청을 한 사람까지. 하지만 그 말을 하고 있는 최 실장도 병원에서 겨우 교통비나 타 가고 있는 실정이라고 누군가 귀띔해 줬다. 내가 온 이후로 병원 사정이 나아지긴 했지만 여전히 적자였다.

돈 없는 환자에 돈 없는 병원. 자전거 페달을 밟으며 나는 내게 물었다. 만약 중환자실 입원 기간이 길어져서 입원비가 눈덩이처럼 불어나면 감당할 수 있는가. 자신할 수 없었다. 하지만 수술을 못할 것 같다고 할머니께 말씀드릴 용기도 없기는 마찬가지였다. 너무 많이 생각하지 않기로 했다. 지금은 한 걸음만 더 나아가자. 미리 앞을 내다보지 말자. 예상치 못한 상황이 닥쳐온다면 그때 다시 생각해보자. 그때 포기한다면 지금 포기하는 것보다는 할머니께 덜 미안할 거라고 나 자신을 위로했다. 할머니가 돌아가신다 하더라도 이 세상에 대한 그분의 마지막 기억이 쓸쓸하지는 않게 해드리고 싶었다.

#2

해가 진다. 차창 밖으로 논바닥에 쌓아놓은 볏짚들이 가지런하다. 아침에 전화로 안부를 묻는데 할머니가 울먹거렸다. 심장 수술을 하기 위해 시행한 가슴 사진 촬영에서 폐에 혹이 하나 발견됐다는 것이다. 담당 의사가 폐암이면 아마 수술을 못하게 될 거라고 했다며 울먹이셨다. 나는 양성인 혹도 많다며 괜찮을 거라고 말씀드린 후 끊었다.

폐암이면 어떻게 하지. 월세 5만 원이던가. 왕진 갔을 때 보았던 할머니의 방. 그 방에 있는 가구 중 가장 컸던 냉장고에 붙어 있는 손자의 편지와 그림들. 몇 년 전에는 죽으려고도 몇 번 해봤다 한다. 그리고 폐암. 정말 폐암이면 어쩌지. 사람의 인생이 이래도 되는 건가. 창밖으로 크리스마스 전야의 해가 뉘엿뉘엿 지고 나는 그 서글픔에 묻는다. 사람의 인생이 이래도 되는 건가.

#3
다행히 할머니는 수술을 잘 마치셨고 경과도 생각보다 무척 좋아서 며칠 후에 퇴원하실 예정이다. 폐에 있던 종양은 CT 검사 결과 양성 혹이 의심된다고 한다. 수술비는 최 실장의 '수금' 덕분에 잘 해결될 것 같다. 여차하면 지금 배우고 있는 하모니카로 거리 공연이라도 해야 할 뻔했는데 다행이었다. 멀리 부천에 있는 병원까지 할머니를 모시고 가서 밤늦게까지 함께해주신 분, 아이의 돼

지저금통을 가져오신 분, 부탁드린 적도 없는데 수술비를 기부받을 수 있는 여러 방법을 꼼꼼히 알아봐주신 분, 할머니 수술받던 날 중환자실 대기실에서 새우잠을 잔 분, 그리고 많은 조합원들이 도와주셨다. 수술 후 이틀 만에 일반 병실로 옮긴 할머니의 목소리를 들으면 나는 행복하다. 그 목소리를 듣기 위해 애썼던 많은 분들도 함께 행복해하시리라.

늘 숲 가까이에 살고 싶었다. 하지만 지금 내가 사는 곳은 숲보다는 도로에 더 가깝다. 변변치 못한 내 능력을 봐도 앞으로 한동안은 그 꿈을 이루지 못할 것이다. 하지만 의료생협 일을 통해 만난 분들을 보면서 나는 어쩌면 이분들이야말로 내 인생에 허락된 보이지 않는 숲일지도 모르겠다고 생각한다. 이분들은 이 삭막한 세상에서 나를 숨 쉬게 한다. 다른 사람을 행복하게 하는 만큼 그분들의 형편도 나아지길 기도한다.

태장동 할머니(2)
-거미줄

#1

_____ 부천에 있는 병원에 가
서 할머니를 만나고 왔다. 할머니는 중환자실에 계시다.
이틀 전 복통이 심해져서 검사를 해보니 위장이 천공됐
다고 했다. 우리 병원에 오셨을 때 내시경을 해보자고 몇
번 권유했는데 끝내 하지 않겠다고 하시더니 결국 문제
를 일으킨 것 같다. 응급 수술을 끝내고 하루가 지났다.
모니터링 기계와 수액제, 산소호흡기와 위장 흡입관 때
문에 서로 얽히고설킨 줄들을 몸에 걸치고 누워 계셨다.
나를 보더니 반갑게 웃으시며 내일이면 다 끝날 거라고
말씀하셨다. 그러고는 미리 써놓은 메모지를 한 장 건네
주셨다. 잘 알아보기 힘든 글씨체로 내가 알지 못하는 장

소와 이름들이 쓰여 있었다. 당신 앞으로 가지고 있는 얼마 되지 않는 재산이 있는 곳과 찾는 방법을 가르쳐주시는 것이었다. 당신이 죽고 나면 병원비에 보태라고 말씀하셨다. 담당 의사 선생님을 만났을 때 수술 경과는 좋다며 내일이면 일반 병실로 옮길 수 있을 거라고 해서 안심은 되었지만 할머니는 자신의 상태를 비관하고 있었다. 젊은 사람도 견디기 힘든 큰 수술을 두 번이나 치르셨으니 어쩌면 당연한 것일 수도 있었다. 나는 일주일만 참으시라고, 조금만 더 기다리시면 걸어서 이곳을 나가실 수 있을 거라고, 건강한 모습으로 우리 병원에도 오시고 여름에는 함께 놀러도 가자고 말씀드리고 나왔다. 중환자실 문을 나서다 뒤돌아보니 할머니가 손을 높이 들고 흔드셨다.

　중환자실을 나와서도 한동안 나는 환자 대기실 의자에 앉아 있었다. 할머니는 그 메모지를 어떤 심정으로 쓰셨을까. 배를 가르는 큰 수술을 하고 아무것도 먹지 못하고 수액제에 연명해 겨우 버티면서 남은 안간힘으로 쓴 글씨들이 흔들거렸고 내 눈도 뿌옇게 흐려졌다. 언젠가 보았던 할머니 방의 냉장고에 붙어 있던 손자의 엽서들을 할머니께 가져다드리기로 했다. 내 눈물의 힘을 믿지는 않으나 그 엽서의 힘은 믿고 싶다.

#2

2주 만에 할머니를 면회하고 왔다. 2주가 정말 긴 시간
이라는 것을 할머니를 만나고 나서야 알았다. 두 번의 수
술과 몇 번의 전과로 할머니는 일반외과병동에 계셨다.
여덟 분의 할머니들이 누워 있는 병실에 들어가서는 처
음엔 할머니를 바로 알아보지 못했다. 초롱초롱한 눈빛
이 아니었다면 아마도 이름을 확인한 다음에야 알아봤
을지도 모른다. 할머니는 위 천공 수술 후로 아무것도 드
시지 못한다. 광대뼈가 도드라졌고 다리도 몰라보게 야
위었다. 콧줄도 그대로 하고 계셨다. 암 수술을 했던 후
배가 그랬다. 수술보다 더 고통스러운 게 그 콧줄이라고.
마치 위를 칼로 긁어내는 것 같다고 했다. 후배는 다행히
그 콧줄을 며칠 만에 뽑았지만 할머니는 거의 한 달 가까
이 하고 계셨다. 수술 부위를 완전히 봉합하지 않고 조금
열어놓았기 때문에 몸을 마음대로 가눌 수도 없다. 거의
하루 종일 누워만 계시는 것이다. 그렇게 누워 병원 천장
을 보면서 무슨 생각을 하실까. 오지 않는 사람들, 왔어
야 하는 사람들, 그런 사람들의 얼굴을 하나둘씩 세어가
고 지우고 하실까.

　"그동안 못해본 다이어트를 원 없이 하시네요"라고
내가 건넨 농담에 한 번 웃으시고 "살 빠지니까 훨씬 보

기 좋으세요"라는 실없는 소리에 한 번 더 웃으셨다. 하지만 그 웃음도 힘이 없긴 마찬가지였다. 교회에서 세 분이 다녀가시고는 아무도 오지 않았다고 하셨다. 담당 외과 과장은 앞으로도 2주 정도는 계속 금식해야 할 거라고 했다. 안부 전화를 할 때마다 할머니는 늘 내게 말씀하셨다. "선생님, 정말 고맙습니다." 하지만 그 얘기를 들어야 하는 분들은 따로 있다. 얼마 전 이름을 밝히지 않은 분이 병원으로 소포를 보내셨다. 부모님 것을 사는데 할머니 생각이 나서 한 벌 샀다며 내복을 보내 오셨다. 지금은 복부 수술을 한 상태라 내복을 입으실 수 없지만 2주가 지나 몸이 회복된다면 그때도 겨울은 여전히 지나가지 않았을 것이므로, 나는 할머니께 소포 얘기를 하고 내복 사이즈가 얼마인지 물었다. 열 손가락을 쫙 펴신다. 100 사이즈라는 말이었다. 보내주신 것은 95 사이즈였는데…. 하지만 지금 할머니 몸에는 95도 커 보였다.

간혹 감당할 수 없는 슬픔이 찾아올 때 묻곤 했다. '하느님은 내게 무엇을 가르쳐주시려고 이러시는 걸까.' 그것은 진지한 물음이라기보다는 원망의 표현이었으나 돌이켜보면 그 슬픔이 없었다면 아마도 이제까지 살아오면서 발견한 행복의 십분의 일도 느끼지 못했을 것이다. 내 슬픔이 있었기에 다른 사람의 아픔도 눈에 들어왔고 그 슬픔을 보듬어 안아주는 어떤 이들 때문에 행복했다. 그이들도 대부분은 자신만의 슬픔을 지나온 사람들이었다. 하지만 돌아오는 지하철 안에서 그 말 없는 하얀 천장 아래 고통스러운 시간을 견디어가는 할머니를 떠올리며, 그리고 내 손에 남은 할머니 손의 감촉과 가늠할 수 없는 마음속의 통증들을 느끼며 나는 여전히 또 묻고 있었다. 하느님은 내게 무엇을 또 가르쳐주시려고 하는 걸까.

얼마 전 제주도에 있는 후배로부터 전화가 왔었다. 그는 제주도에서 개업한 동문 중에서는 드물게 성공한 사람이었고 봉직의 세 사람이 일하는 병원의 원장이었다. 후배는 혹시 제주도에 내려와서 일해볼 생각이 없냐고 물었다. 제주도, 그중에서도 서귀포는 늘 살고 싶던 꿈의 도시였다. 가정의학과를 전공한 덕분에 파견이 많았던 나는 1년 중 두 달을 서귀포에서 보내야 했다. 한 달 내내 당직을 서기도 했던 힘든 나날이었지만 그 두 달은 내 젊은 시절의 빛나던 한때가 되었다. 서귀포의료원 옥상에서 보았던 제주의 하늘, 그 신묘한 구름을 보면서 언젠가 빌어먹는 한이 있어도 여기 와서 살아야겠다고 다짐하곤 했었다. 내 꿈이기도 했던 서귀포, 더군다나 빌어먹을 필요도 없는 나름대로 고액 연봉자 생활.

하지만 후배의 제안을 거절했다. 이곳에서 일하면

서, 그리고 할머니 일을 통해서 나는 여기에 사는 분들의 마음속에 들어서 있는 타인에 대한 연민을 보았고 그 마음들이 이어져 이룬 보이지 않는 공동체를 보았다. 그것은 오래전부터 꿈꾸던 마을의 모습이었다. 내 마음속에서 그 마을에 대한 동경이 사라지지 않는 한 이곳을 떠나지 않을 것이다. 할머니에게 소포를 보내주신 분에 대한 고마움을 마음 깊이 느끼며 속으로 되뇌었다. 우리는 저 높은 곳에서 가느다란 거미줄 하나에 온몸을 싣고 이 세상의 어둠 속으로 내려온 한 마리 거미와 같다. 바람에 쉬이 흔들리고 내 무게를 지탱하기에도 너무나 가늘고 여린 거미줄. 내가 만난 우정이란 어쩌면 그런 것이었다. 하지만 그 가는 줄들이 씨줄과 날줄로 서로 이어져 아름다운 연대의 그물망이 만들어지면 난 한 마리 거미처럼 내 한 몸 그 위에 놓고 바람 찬 세상을 견딜 수 있으리라.

태장동 할머니(3)
-구름의 발자국

_____ 병원 조합원들과 저녁을 먹는 자리에서 조합원 어르신이 우스갯소리로 그러신다. "세상을 살다보면 소도 만나고 개도 만나고 돼지도 만나. 소를 만나면 넌 소구나 하고 팽개치고 개를 만나면 넌 개구나 하고 잘라내고 그러면 안 되지. 그런 짐승들하고도 잘 어울려 살아야만 하는 게 인생이야." 오늘도 시시때때로 소도 됐다가 돼지도 됐다가 했던 나이지만 이 세상에 사람이 살고 있다는 것을 느끼게 해주는 어떤 만남을 갖게 될 때가 있다. 오늘 저녁처럼.

늦은 저녁을 먹고 태장동 할머니 병실을 찾아갔다. 할머니는 저번처럼 주무시고 계셨다. 깨우기가 미안해 옆에 앉아 기다리는데 옆 침대에 계신 분이 깊은 잠이 든

건 아닐 거라며 할머니를 부르셨다. 할머니는 잠에서 깨어 나를 보자마자 덥석 손을 잡으신다. 그 반가움은 어쩌다 한번씩 찾아가는 나를 무척 부끄럽게 했다. 그리고 시작된 우리들의 얘기. 오늘 백김치를 먹고 토한 일이며 간병해주시는 연변 조선족 아주머니 얘기. 아직 혼자서 걸어 다니지는 못하지만 이번 주에 실밥은 뽑을 거라고도 하셨다. 토한 일도 즐겁고 아직 꿰맨 부위가 당겨서 아픈 것도 즐겁다. 두 달간 물 한 모금도 넘기지 못한 위장은 여전히 할머니를 괴롭히고 있지만 그 통증마저도 행복할 수 있는 시간을 우리는 지나가고 있었다. 고통스러운 시간을 보내고 나니 이런 날들도 오는 거였다. 그리고 어떤 분이 네댓 번, 집에서 죽을 해 왔다고 하셨다. 이런저런 얘기를 나누다가 그분이 예전에 내복을 보내준 분이라는 것도 알게 됐다고 하셨다. 죽이 정말 맛있었다며 참 조신한 처자가 음식도 잘하는 것 같다는 말도 덧붙이셨다. 순간 눈시울이 뜨거워져 눈에 꽉 힘을 줬다. 부모님 내의를 사면서 할머니 내의를 함께 사서 보내드리고 집에서 직접 죽을 해 오시고 먼 거리를 찾아와서 말벗을 해드리고 하는 일들이 모두 한 사람이 한 일이다. 누구나 할 수 있지만 아무도 하지 못하고 있는 일들. 그분이 할머니께 해주는 것은 곧 내게 해주는 것이었고 할머니의 쾌유를 비는 많은 사람들에게 해주는 것과도 같았다.

　아직 바람 찬 날들이지만 봄이 오니 숲의 소리가 달라졌다. 이곳에 머무르면서 내 안의 소리들도 달라진다. 이 소리들이 얼마나 머물다 갈지 기약할 수 없고 세상엔 무기력한 긍정만 넘쳐난다. 지난 3개월간의 고통스러운 시간이 우리에게 고통만 남긴 것은 아니었듯이 지금의 이 행복한 시간을 지나 그 너머의 길을 할머니는 또 가야 할 것이다. 3개월 전 떠나온 그 쪽방에서 남은 생을 보내야 할 것이고 혼자서 모든 생활을 다시 꾸려나가야 할 것이다. 우리가 한 일은 어쩌면 할머니의 삶에서 그 외로운 시간을 늘려놓은 것일 수도 있었다. 하지만 할머니는 앞으로 건강이 회복되어 이 병실을 걸어 나갈 수 있게 되면 다시는 앉아서 고스톱이나 치면서 시간을 흘려보내지는 않을 거라고 한다. 무언가 의미 있는 봉사활동을 하면서 살겠다고 하셨다. 그분이 할머니에게 해준 것, 그럼으로써 내게 느끼게 해준 것, 할머니가 보여준 변화들, 그 모든 것이 촘촘히 이어져 어쩌면 전혀 모르는 타인으로 살았을 수도 있던 우리 세 사람의 가슴에 아름다운 변화를 만들어주었다. 하루 종일 구름이 지나간 하늘에 구름의 발자국이 남아 있지 않다. 나는 우리의 일들이 이 세상에 어떤 발자취를 남길 수 있는지 묻지 않기로 했다. 아무것도 남기지 못한다 하더라도 그 삶은 그것 자체로 아름답게 남을 수 있다. 구름의 발자국이 남아 있지 않은 하늘이 아름답듯이.

숯이 놓인 방

박 할머니 댁에 도착했
다. "어머니, 계세요?" 문간방에 대고 최 간사님이 부르
는 말에 대답이 없었다. 문을 두드리자 손녀라고 생각되
는 사람이 저쪽 본채에서 빠끔히 얼굴을 내밀었다. "엄
마 안 계시는데요. 누구시죠?" 아마도 어머니라는 호칭
때문에 자신의 어머니와 혼동을 했나 보다. "복지관에서
방문 진료 왔는데요" 하자 "아! 할머니요! 그 방 안에 계
세요"라고만 얘기하고 나와보지도 않고 그냥 들어가버
린다. 한 번 더 두드리고 살짝 열어보니 안쪽에서도 인기
척이 났다. 잠을 깨우는 소리에 찌푸린 얼굴을 하며 "누
구요?" 하던 박 할머니는 막상 우리 얼굴을 보고는 정
말 반가운 웃음을 지으신다. "어이구, 의사 선생님 오셨

네!" 근 두 달 만에 뵈는 건데도 내 얼굴을 알아보셨다. 1, 2초 동안 사람의 표정이 그렇게 달라지는 걸 보면서 나라는 사람이 다른 이에게 그토록 반가운 존재일 수 있다는 것이 놀랍기도 하고 한편에서는 막연한 책임감 같은 것이 느껴졌다. 주는 사람은 없는데 내가 원해서 받게 되는 그 자연스러운 무게감이 내 어깨 위에 내려앉았다.

3년 동안 굳어진 무릎 관절 탓에 골방에 틀어박혀 바깥 구경 한 번을 못하셨고 그로 인해 복부 비만도 너무 심해진 할머니. 요즈음 소변을 너무 자주 봐서 힘들다고 하셨다. 방에 들어설 때 느꼈던 지린내는 아마도 그 때문인 것 같았다. 몇 가지 상담을 하고 관절 구축 예방을 위한 운동을 가르쳐드린 뒤 나오던 차에 TV 옆에 있는 참숯 덩어리가 눈에 띄었다. 전에는 없던 물건이라 누군가에게 반가운 선물이라도 받으신 건가 싶어 띄워드리려는 얄팍한 마음에 "어, 어머니. 이 참숯 어디서 나셨어요?"라고 물었다. "아, 그거? 방에서 지린내 난다고 우리 애들이 갖다 놨어." "그래요…. 숯 갖다 놓으면 좋아요. 습기랑 안 좋은 것도 빨아들여준대요." 대충 얼버무렸지만 돌아오는 길이 조금은 서글펐다. 할머니는 그 숯을 보면서 무슨 생각을 하실까.

문간방. 물먹은 듯 축축해져 다 떨어져가는 벽지. 어

디서 주워 온 듯한 솜 덩어리를 대충 싸서 만든 베개. 3년간 세상 구경 못한 사람에게 갖다 놓은 덜렁거리는 안테나의 수신 불량 TV. 그래서 필요한 것이 너무나 많은 할머니의 방. 거기에 자식들이 갖다 놓은 참숯 한 덩어리. 할머니의 딸도 넉넉지 않은 달동네에서 어머니 모시고 아이들 뒤치다꺼리하며 살아가는 분이었다. 대단한 여행을 원하는 게 아니라 그저 문 밖에 한번 나가보고 싶다는 소원도 들어드리지 못하는 삶의 여건은 무엇일까. 할 수 없어서가 아니라 할 수 있다는 생각을 불가능하게 하는 일상이 있다는 걸 딸의 표정에서 짐작할 뿐이다.

그래도 걱정이 됐다. 행여나 할머니는, 정작 자식들이 피하고 싶은 것은 그 방의 지린내가 아니라 그 지린내를 내는 본인일지도 모른다는 생각을 하지는 않을까. "이제는 죽어야 하는데 죽지도 않아." "할머니, 돌아가시려면 당당 멀었어요!" 박 할머니의 푸념에 잡은 손을 더 부여잡으며 한 나의 대답이다. 어쩌면 할머니 말씀처럼 사람들은 박 할머니 같은 분들을 보며 이제 죽는 일밖에 남지 않았다고 생각할는지 모른다. 하지만 정작 할머니에게 죽는 일밖에 남지 않았다 생각하게 하는 것은, 아흔이 다 된 노쇠한 육체가 아니라 그 노쇠한 육체에 대한 사람들의 대접일 것이다. 숯처럼 검은 밤, 숯처럼 검은 마음. 우리들 누구나 그 마음속에 작은 불씨 하나 지필 수 있다.

두 가지 마술

닷새 전에 허리 통증과 다리 저림으로 오신 전 할머니 댁에 왕진을 갔다. 할머니는 추간판탈출증 진단하에 미골주사를 맞고 진통제를 복용 중이었는데 아직 거동이 힘들어 병원 내원이 힘들었다. 내가 운전을 못하기 때문에 할머니 댁을 알고 있는 최 이사가 운전을 해주었다. 나는 몇 가지 주사제와 소독 도구를 챙겨 갔다. 재개발 구역으로 지정되어 이제 얼마 후면 아파트 건설 공사가 시작될 논들을 지나 도착한 곳은 수국이 활짝 피어 있는 한적한 시골집이었다. 할머니는 다행히 생각했던 것보다 빠르게 통증이 개선되고 있었다. 근력은 여전히 떨어져 있었지만 감각은 처음보다 많이 좋아졌다. 아드님 내외, 손자와 같이 사시는 모습을 보면서 진료실을 찾아왔을 때와는 다른 기운을 할머니에게서 느꼈다. "이 집안에서 제일 썽썽한 사람이 나였는데… 이렇게 돼버렸어." 허리가 안 좋다는 며느님 토로에 할머니께서 하시는 말씀이다. 그 말투에는 통증 때문에 우리 병원을 찾아왔을 때와는 다른, 어떤 강인함이 배어 있었다. 할머니를 대하는 가족들의 모습을 보면서 이 집안에서 제일 어른이라는 느낌도 자연스럽게 들었다. 진통제를 놓아드리고 필요한 운동과 자세를 가르쳐드린 후 일어서려는데 장미 꽃다발을 한가득 내놓으셨다. 직접 키운 것들인데 고마움의 답례라 하시면서.

아드님 내외의 배웅을 받고 돌아오는 길에 이번 왕진에서 가장 많은 것을 얻어 가는 사람은 나 자신이 아닐까 하는 생각이 들었다. 진료실에 갇혀 있는 동안에는 환자를 한 사람의 인격체로 상상하기가 자꾸 어려워진다. 그분이 어떤 관계망 속에 있는 사람인지 결코 알 수 없기 때문이다. 의자에 앉아 진료실 문을 열고 들어오는 사람을 보면 저분은 어떤 병을 갖고 들어왔나를 먼저 생각하게 된다. 하지만 왕진을 가면 이분이 이런 곳에서 이렇게 사는 분이라는 것을 알게 된다. 그것이 병을 치료하는 데 얼마나 도움이 되는지는 알 수 없지만 나는 그게 좋았다. 인턴 수련을 받을 때 들것에 실려 온 사람도 수술을 하고 나면 멀쩡히 걸어 나가는 것을 보고 한때 수술을 하는 외과에 매력을 느꼈던 적이 있다. 하지만 난 가정의학과를 선택했다. 만성질환을 가진 분들과의 지지부진하고 쓸데없는(?) 관계들이 좋았기 때문이다. 덕분에 또 이렇게, 팔자에 없는 장미 꽃다발도 받아보는 것이다.

　돈은 많은 것을 가능하게 하지만 동시에 많은 것을 앗아간다. 장미 꽃다발을 떠올릴 때 맨 먼저 든 생각이었다. 돈은 우리가 서로에게 빚지고 살아가는 존재라는 것을 느끼게 하는 능력을 앗아간다. 하지만 그런 세상에서도 우리의 마음을 움직이는 것은 여전히, 돈이 되지 않는 가치에서 온다. 좋은 의사란 실은 좋은 의사가 되려는 사람일 것이다. 그리고 만약 내가 좋은 의사가 되려는 마음을 갖게 된다면 그 절반은 내가 만난 좋은 환자들 덕분일 것이다.

　진료실에 들어오는 분도, 왕진 가서 만나는 분도 한 명의 사람이다. 똑같은 사람이지만 진료실에 들어오는 '한 사람'은 '순삭'되어 질환으로 남는다. 질환 이외의 요소들은 불필요하고 진료에 도움이 되지 않는다. 진료실에서 나는 환자와 이야기하는 게 아니라 질환과 마주한다. 질환이라는 '정체불명의 무언가'에게 질문하고 청진하고 촉진하며 그것의 정체를 밝히는 데만 집중한다.

정체를 밝히는 데 성공하는 일이 대부분이고 간혹 실패하는 일이 있다 하더라도 그 실패에서 '사람'을 궁금해하지는 않는다. 궁금해할 여력도 없다. 진료실이라는 창백한 멸균 공간에 환자가 들어올 때 그는 자신의 맥락을 모두 버리고 들어온다. 자신이 누구이며 어떤 곳에서 살고 무엇을 하는지와 같은 삶의 맥락은 진료실에 들어온 순간 모두 사라진다. 모든 것이 마술처럼 사라지고 오직 한 가지, '증상'만 남는다. 이것이 의사가 경험하는 첫 번째 마술이다.

하지만 왕진을 가면 얘기가 달라진다. 일단 거기에는 '한 사람'이 자신의 방에 앉아 있다. 그 모습이 의사에게 주는 정서적인 변화는 일반인이 생각하는 것보다 훨씬 크다. 그는 자기 삶의 맥락 속에 앉아 있으므로 나는 그를 '한 사람'으로 인식하지 않을 수가 없다. 벽에 걸려 있는 가족사진 하나만 눈에 들어와도 그는 이미 질환이 아니라 한 사람으로 의사에게 받아들여질 수밖에 없다. 그러니 과잉 진료나 3분 진료가 애초에 불가능하다. 과잉 진료나 3분 진료는 병원 안에서 돌아가는 컨베이어 벨트에도 의존해 있지만 그보다 더 중요하게는 진료실이라는 공간의 특성에 의존해 있기도 하다. 삶의 맥락을 다 잃고 마치 두 발 달린 사물처럼 걸어 들어온 사람에게 의사는 기계적이어도 이상하지 않다고 느낀다.

왕진은 진료실 안에만 갇혀 있던 의사에게 또 다른 마술을 일으킨다. 그를 한 사람으로 보기 시작하는 것이다. 진료실 안에 있어본 사람이라면 이 현상을 마술이 아닌 다른 말로 설명하기 힘들다는 것을 안다. 환자에게 왕진은 당연히 필요하다. 하지만 이 마술을 경험해본 나로서는 의사에게 절대적으로 필요한 경험이 왕진이라고 생각한다. 왕진을 경험하고 나면 다시 진료실로 돌아간다 하더라도 절대 같은 의사로 돌아갈 수 없기 때문이다.

말없이 하는 말

                     중풍으로 오른쪽에 반
신마비가 온 할아버지가 자꾸 설사를 한다는 소식을 듣
고 방문 진료를 갔다. 진찰을 하고 기저귀에 담긴 똥을
보니 설사는 그리 심하지 않아서 수액을 맞혀드리진 않
고 기저귀만 갈아드렸다. 사타구니와 고환 밑으로 번진
피부염은 똥 묻은 기저귀를 자주 갈아주지 않아 생긴 거
였다. 깨끗이 닦아드리고 말린 다음 스테로이드 로션을
발라드렸다.

    최 선생님은 정말 표정 하나 변하지 않고 어르신을
모시고 화장실로 가서 똥기저귀를 능숙한 손놀림으로 갈
아주었다. 얼마나 많은 어르신들의 기저귀를 갈아보면
그렇게 될 수 있을까. 그 능숙함도 감동적이지만 싫은 내

색을 안 하는 게 아니라 싫은 내색이 아예 없는 마음 씀씀이가 더 감동적이었다. 다시 옷을 입혀드리고 혈압약을 규칙적으로 복용하실 것과 설사가 나는 동안은 물을 많이 드실 것을 말씀드린 후 떠나려는데 어르신은 마냥 고개를 끄덕거리신다. 고맙다는 말씀일 것이다. 그 말 없는 말을 떠올리면 지금도 마음이 아리면서도 따뜻해진다. 방문 진료를 하고 돌아오는 밤이면 가슴 뿌듯할 때도 있지만 '내가 해드릴 수 있는 게 과연 있을까' 하는 무력감에 시달릴 때도 많다. 세상에 대한 사랑을 잃어버린 채 세상을 사랑해야 하는 일을 하고 있는 것은 아닌가 하는 의구심도 든다. 그렇게 하루 종일 비틀거리면서 살아도 어떤 순간만큼은 살아 있음을 느낀다. 살아 있다. 내가.

우리 병원에 사흘간 아르바이트를 왔던 한방 선생님이 나에게 물었다. 한의사로 몇 년 일해보니 돈맛을 알겠던데, 양방도 마찬가질 텐데 어떻게 이 일을 하게 됐느냐고. 그는 이 맛을 알까. 이렇게 살아 있다는 것. 간혹 무디고 무뎌져서 살아 있는 시체 같기도 한 우리네 삶에서 그런 몸짓 하나 보는 것이 얼마나 고마운 일인지를.

사랑이니 휴머니즘이니 하는 것들이 당연하던 시대는 지나갔다. 당연한 것들은 당연하지 않게 되었다. '함께 가난했던 시대'에서 '나만 불행한 시대'로 넘어왔다.

부의 불평등이 고착화되면서 가난도 고착화되었다. 계급 간 이동이 유연할 때는 지금 내게 온 불행이 바뀔 수 있는 것으로 여겨졌고 그래서 거기에 갇히지 않는 삶이 가능했다. 하지만 지금 한 개인의 불행은 영구적으로 고착되어간다. 함께 가난했을 때는 '우리'가 가능했지만 나만 불행할 때는 '우리'가 불가능하다. 하지만 결국 내 문제를 근본적으로 해결하는 데도 '우리'의 힘은 필요하다.

너무 단순해서 깨달았다고 말하기도 부끄럽지만 이 일을 하면서 깨달은 사실 하나가 있다. 함께 간다면, 마음이 거기에 있으면 길은 보인다. 그러니 길이 없다는 것은 거짓말이다. 사랑이 없을 뿐이다. 길이 없는 것이 아니라 길을 가려는 사람이 없다. 최 선생님처럼 함께하는 분들이 길을 보여줄 거라고 믿는다. 걱정스러운 것은 마음이다. 그래서 늘 들여다보는 것도 길이 아니라 마음이다.

따듯한 통증

지린내가 났다. 박 할
아버지가 다리가 아프다고 하셔서 무릎을 만졌는데 왕진
을 마치고 돌아오는 내내 손에서 지린내가 가시질 않았
다. 기저귀를 차고 계셨지만 소변을 옷에 지리시는 것 같
았고 바지에서는 심한 냄새가 났다. 집에 들어오자마자
다급히 손을 씻었다. 세면대에 아침에 내가 코를 풀다 튀
긴 콧물이 딱지로 굳어 있는 게 보였다. 아무렇지도 않게
손으로 닦아냈다. 내 것과 남의 것 사이의 거리감이 이렇
게 큰 것일까.

김 할머니는 박 할아버지와 혼인한 사이는 아니지만
20년 전부터 부부처럼 살아오고 계시다. 두 분 다 여든을
넘기셨고 김 할머니는 젊었을 때부터 담배를 태운 탓에

만성 폐쇄성 폐질환이 있었다. 김 할머니 댁(이라고밖에 할 수 없는 게 박 할아버지는 거기 얹혀사는 분처럼 보였다)에 들어가자마자 들리는 할머니의 숨소리는 청진기를 대지 않아도 쌕쌕거리는 소리가 날 정도로 천명음이 심했다. 방 안에 있는 재떨이에는 김 할머니가 피우고 버린 담배꽁초 서너 개가 고개를 처박고 있었다. 다급히 속효성 기관지 확장제와 항콜린성 확장제를 번갈아가며 흡입하게 했다. 얼마 전 병원에 왔을 때보다는 조금 나아졌지만 여전히 사용이 서툴러, 어떻게 하는지 두세 번 가르쳐드리며 다시 하게 했다. 할머니는 숨이 차서 이틀 전에 입원했다가 오늘 퇴원하셨다고 한다. 아무리 봐도 지금 상태가 병원에서 퇴원을 시킬 만한 상황이 아닌데 왜 퇴원하셨느냐고 물었다. 할머니는 의사가 퇴원하지 말라는데 고집을 부렸다며, 내가 없으면 저 할아범은 누가 밥해주고 먹이느냐고 했다. 박 할아버지는 걷지를 못해서 몸을 끌고 움직일 수는 있어도 그 밖의 일은 거의 못하셨다.

'저희 도우미 아주머니들이 매일 와서 할아버지 수발을 해드릴 테니 제발 할머니는 지금 당장 응급실로 가시자'고 말씀드렸다. 박 할아버지도 자신은 걱정하지 말고 본인 몸부터 챙기라며 입원을 권했다. 두 번 세 번 반복되는 권유에 할머니에 대한 걱정이 묻어났다. 그러나 할머니는 싫다고 한다. 병원에서 여기까지 오는 데 고속 도로를 타도 족히 40분이 걸리니 재가케어 직원들이 매일 오긴 벅차다는 것을 아시는 거였다. 나는 끝내 할머니를 설득하는 데 실패했고 기관지 확장제를 뿌린 후 천명음이 사라진 것만 확인하고 돌아올 수밖에 없었다. 할머니는 대문 밖까지 나와서 떠나는 우리를 배웅했다.

나는 박 할아버지보다 행복한가. 그럴지도 모르겠다. 하지만 기저귀를 차고 몸에서 지린내가 나는 나를 마다하지 않고 돌봐줄 누군가가 내겐 있는가. 나는 김 할머니보다 행복한가. 그럴지도 모르겠다. 하지만 숨이 턱까지 차오르는 몸을 끌고 병원을 나와 누군가의 밥을 차려주겠다는 의지가 내겐 있는가. 할머니는 무엇이 걱정돼서 그렇게 숨찬 몸을 끌고 다 쓰러져가는 집으로 돌아오셨을까. 두 분의 객관적인 불행을 주관적인 행복이 대신할 수 있다고 말하려는 것은 아니다. 넷이나 되는 자식들 중에 한 사람도 찾아오지 않는 삶이 어떻게 행복하다 할수 있을까. 하지만 두 분을 생각하며 돌아오는 길에 마음이 무겁지만은 않았다.

어쩌면 김 할머니는 이 밤을 힘들게 넘길지도 모른다. 그래도 두 분은 자신의 불행을 의지 삼아 서로 기대며 살고 계셨다. 피붙이들도 마다하는 몸을 생면부지의 사람에게 의탁하며 20년을 살아오신 것이다. 왠지 모를 안도감과 함께 어쩌면 사람의 외로움이, 사람의 불행이 사람을 사람답게 만들어가는 것인지도 모른다는 생각이 들었다. 누가 봐도 불행한 두 분이지만 그분들 앞에서 세상의 어떤 행복들은 부끄러워 고개를 숙여야 하리라. 그분들이 견뎌나가고 있는 불행에는 분명 노동력을 상실한 노인들을 대하는 자본주의의 냉혹함이 묻어 있다. 그래서 그분들이 사는 모습은 '쉽게 행복해져선 안 된다'고 '네 행복의 무게는 얼마냐'고 내게 묻는다.

태풍이 잠시 쉬어가는 시골 들녘의 밤. 어둠 속에 웅크린 집들의 불빛이 띄엄띄엄 있는 것을 제외하면 온통 까맣다. 지금보다 어렸을 적엔 저 어둠 속 불빛 아래에는 작은 행복들이 깃들어 있을 거라 생각하기도 했다. 하지만 지금은 그것이 어쩌면 불행의 불빛일지도 모른다고 생각한다. 돌멩이처럼 단단한 불행들이 서로 부딪히며 내는 작은 부싯돌들의 반짝거림이 저 불빛들일 거라 생각하며 돌아오는 길은 여전히 어두웠다. 하지만 내가 본 그 작은 반짝거림은 세상이 사람을 불행에 빠트린다 해도 끝내 사람다움을 포기하지 않는 사람들이 있다는 것을 가르쳐줬다. 두 분을 생각하면 따뜻한 통증을 느낀다.

어둠 속에 있어야 보이는 것들

                            그사이 두 분에게 무슨 일이라도 있었던 걸까. 걱정이 돼서 일주일 만에 다시 찾아간 김 할머니는 방 안에 두었던 기관지 확장제를 다 버리셨다. 할머니는 삶에 대한 미련을 완전히 버린 얼굴이었다. "이런 것을 뭐 하러 자꾸 가져와요. 빨아들일 힘도 없어." 할머니는 힘이 없기도 하겠지만 의지도 없어 보였다. 박 할아버지는 이 밤늦은 시간에 왜 왔냐고 따지시며 담배를 피우신다. 진료 끝나고 바로 왔는데도 시간이 이렇게 됐다고 대답하면서, 할머니에게 좋지 않으니 담배 피우지 마시라는 말은 못 했다. 할머니의 표정을 보았기 때문이다. 할머니는 앞으로 얼마를 더 살든 이미 세상을 다 살아버리신 것 같았다.

여든이 넘는 생을 살면서 얼마나 많은 사람을 만났을까. 그런 분의 얼굴에서 삶에 대한 미련이 사라지는 것을 보며 난 세상이 조금 무서워졌다. 자식들은 다 어디로 갔고 손주들은 다 어디 있을까. 자신을 낳아준 사람을 이렇게 쓸쓸히 돌아가시도록 내버려둘 수밖에 없는 사정은 또 무엇일까. 내가 가늠할 수 없는 사정이 있으리라 생각하면서도 어쩔 수 없이 의문은 들었다. 우리는 정말 제대로 살고 있는 것인가. 너무 무섭게 변해가고 있는 것은 아닌가. 김 할머니는 내내 자식이 없다고 하다가 결국은 재가케어 직원들의 설득에 못 이겨 아들의 전화번호를 간신히 알려주셨다. 행여 절대로 연락하지 말아달라고 당부하면서…. 하지만 죽었을 때라도 찾아오기를 바라셨기에 알려주신 것이리라.

돌아오는 길, 차창 밖으로 얼굴을 내밀자 밤바람이 쏴 하고 뺨과 머리카락을 쓸고 지나간다. 시원하다. 이 세상 밤공기의 온도는 여전한데 이 세상을 살아가는 내 체온은 점점 더 식어가는 것 같다. 괴물 같은 세상을 탓하는 일도 지치고 아침마다 신문 쪼가리나 넘기면서 혀를 차며 그런 세상사를 탓하는 데만 골몰하는 사람들을 지켜보는 것도 지쳐간다. 순진한 척하는 사람은 많아도 괴물과 싸워가면서도 괴물을 닮아가지 않는 순정한 사람은 이제 거의 멸종되어가는 것 같다. 나는 더 이상 세상을 탓하지도 다른 사람을 탓하지도 않게 되어간다. 세상의 슬픔 앞에서 그 모든 것이 다 무슨 소용이란 말인가. 나 자신에게 물을 수 없고 요구할 수 없는 것을 다른 사람과 이 세상에 요구한다는 것이 이제는 허망하게 느껴진다. 하지만 그러다가도 이런 날에는 싸늘한 가슴속 바닥에서 뜨거운 무언가가 올라오는 것을 느낀다. 돌아오는 길 내내 어둠에 대고 이 세상의 모든 자식과 의사들을 불러내고 싶어졌다. 주말만 되면 도시 사는 사람들이 고속도로를 타고 미끄러져 지나가는 들녘 구석구석에서 지금 무슨 일이 일어나고 있는지 와서 보라고. 하지만 아무도 나와보지 않는다. 돌아보면 늘 내 발밑도 불안하다.

다시 병원에 출근해서 김 할머니의 관리카드를 보았다. 재가케어 직원들이 파견 가서 한 일과 어르신들의 상태가 쭉 기록되어 있었다. '할머니는 원주 ○○병원에 약 타러 가셨고 할아버지께서 우리들을 반가이 맞아주신다. 열심히 치우고 있는데 할머니께서 큰 배낭을 메고 오셨다. 배낭 안에는 옆집 아주머니께서 주신 수박이 들어 있었다. 고마우신 분이다.' '사람 사는 방이라지만 너무나 지저분하고 열악한 환경입니다. 발 디딜 틈도 없고 차려진 밥상은 온통 썩은 음식으로 가득하네요. 땅을 파서 다

묻고 방과 거실은 락스를 타서 다섯 번은 닦은 것 같습니다. 할아버지는 깨끗이 치워줘서 고맙다 하시며 미소를 지으십니다.' '오늘 한 서비스 내용: 설거지, 마당 쓸기, 싱크대 닦기, 이불 소독, 쥐똥 치우기, 강아지똥 치우기…' 나는 그 집에서 무엇을 하고 왔던가. 잠시 눈시울이 뜨거워졌다. 단지 부끄러웠기 때문만은 아니었다.

이 세상의 귀한 것들은 여유를 갖고 기다려야만 보인다. 어둠 속에 오래 있어야만 볼 수 있는 것이 있다. 공중보건의로 근무했던 충남의 시골 마을에서도 그랬다. 밤에 방 안에 있다가 별을 보려고 밖으로 나오면 한동안은 큼직큼직한 별만 보인다. 한동안 서 있고 나서야 마치 무언가가 물 위에 떠오르듯 천천히 보이기 시작한다. 작은 별들이다. 그러고 나서 시간이 더 지나면 놀라게 된다. 세상에…. 저렇게 많은 별들이 저 어둠 속에 숨어 있었나 하고.

탁류 속 행복

극단 노뜰의 〈그 시절 언니들〉이라는 프로그램에 참여하기 위해 호저면에 다녀왔다. 노뜰은 연극인 공동체인데 특이하게도 시골 마을의 폐쇄된 학교에서 함께 생활한다. 그러면서 마을 어르신들을 위해 매주 연극 공연을 하고 주민들을 위한 프로그램을 운영하고 있다. 말 그대로 마을 속으로 들어와 마을분들과 함께하면서 마을을 변화시키고 있는 분들이다. 이번에 가는 것이 두 번째다. 처음 그곳에 관절염 완화 체조를 강연하러 갔을 때 내심 많이 놀랐다. 노인회관 같은 곳에서 몇 번 강연한 경험으로 그 숙연한 분위기를 익히 알고 있어서 별반 기대를 하지 않았는데, 그곳에 계신 할머니들은 전혀 달랐다. 나를 바라보는 눈빛이 너무

초롱초롱했고 운동도 적극적으로 배우려고 하셨다. 그 마을 안에서는 세상의 시간이 거꾸로 가고 있었다. 할머니들은 무척 생기 있고 빛났다. 이튿날 내 수첩에는 "어제는 대단한 미인 아홉 분을 봤다"라고 적혀 있었다. 잘은 모르지만 그렇게 되는 데 노뜰의 연극인들이 중요한 역할을 했을 거라 짐작했다.

그다음 날에는 전 할머니 댁에 왕진을 다녀왔다. 할머니는 허리 통증은 많이 개선됐지만 오른쪽 하지의 근력은 충분히 돌아오지 못한 상태였다. 나는 급성기를 지난 후의 허리 통증 관리 운동과 무릎 관절염 운동을 가르쳐드리고 아파하시는 부위에 건초내 주사를 놓아드렸다. 치료를 다 끝내고 잡담을 나누다 얼마 전에 마을 주민 한 분이 자살을 했다는 얘기를 들었다. 마을 공동 소유의 산이 있었는데 그 산을 매매하는 과정에서 비리가 있다고 의심받던 분이 자살했다는 것이다. 전 할머니는 "어쩌다가 마을 인심이 이렇게 됐나… 쯧쯧" 하며 안타까워하셨다. 강연을 하러 노뜰 단원이 사는 호저면 시골 학교에 들어섰을 때 나를 반겨주시던 할머니들의 표정을 잊을 수 없다. 그 반가움에 오히려 준비를 많이 해 가지 못한 내가 죄송스러울 정도였다. 그분들의 표정 위에 전 할머니의 안타까운 표정이 겹치면서 난 각기 다른 두 마을의 표정을 보았다.

비가 오지 않는 한 개천 물이 맑게 흘러내리는 것을 본 적이 없다. 자전거를 타고 시내에서 흘러나오는 하수구 위를 지날 때면 잠깐 숨을 멈춰야 할 때도 있다. 그런데 가끔 청둥오리들이 개천에 깔린 바위와 조약돌 틈에 머리를 박고 먹이를 뒤적거리는 것을 본다. 매일 보면서도 그 냇물 안에 무언가가 살아 있으리라 생각하지 못했던 나는 마음이 먹먹해진다. 잠시 숨을 참고 싶을 만큼 악취가 심한 곳에서도 생명은 숨 쉴 만한 무언가를 찾으며 꿈틀거리고 있는 것이다.

고개를 들어 하늘을 올려다보는 이가 있는 한 구름은 이 세상을 떠나지 않을 것만 같다. 희망이 이 세상을 떠나지 못하는 것도 희망을 가꾸는 자가 이 세상에 있기 때문인지 모른다. 앞으로 올 세상의 변화는 어떻게 가능할까. 뜬구름 같은 얘기일지 모르지만 변화는 행복에서 올 것이다. 우리를 행복하게 하는 모든 일이 세상을 변화시키지는 못하지만, 세상을 변화시키려는 모든 일은 그 자체로 행복하지 않으면 변화의 거처가 되지 못한다. 내가 지금 하고 있는 의료생협 일도 마찬가지다. 순간순간은 어렵고 고민스러울 때가 많지만 마음 깊은 곳에서는 이 일에 행복감을 느낀다. 의료생협을 통해 자신이 속한 지역에서 어떤 변화를 만들어내는 데 평균 10년이 걸린다고 한다. 10년. 기약할 수 없는 시간이다. 하지만 그냥 갈 수 있을 듯하다. 내게 그 10년 후는 갑자기 찾아올 특별한 날이 아니라, 오늘처럼 병원 진료를 보러 온 할머니들과 점심을 함께 먹고 저녁엔 왕진을 나가고 하다보면 어느새 성큼 찾아올 날일 것 같기 때문이다.

이곳에 와서 느낀 것은 성찰이 깊어질수록 삶에 대한 충만감도 깊어진다는 것이다. 서울에서는, 그리고 이곳이 아닌 다른 곳에서는 생각이 깊어질수록 삶에 대한 무력감도 깊어졌다. 나를 이렇게 변화시킨 모든 인연에 감사드린다. 무엇보다도 나 자신이, 그분들이 해나가고 있는 일들이 희망적이라는 증거가 되고 있다. 그제는 밤 11시, 어제는 밤 10시가 넘어 집에 들어왔고 내일은 또 다른 독거 어르신 댁으로 왕진을 간다. 물리적인 형태의 마을을 이 도시 속에 살려내는 것은 이제 더 이상 가능하지 않아도, 우리는 그분들의 마음속에 행복한 마을 만들기를 계속해나갈 것이다. 짙은 탁류 속에서도 행복하게 살아남을 것이다.

날개를 감추다

＿＿＿＿＿＿＿＿＿＿＿＿＿＿＿＿＿ 재가케어 직원들로부
터 처음 송 할아버지의 화상 소식을 들었을 때 갈까 말까
망설였다. 국도를 타고 차로 40분을 가야 했고 내가 하는
일이라고는 겨우 단순한 드레싱에 그칠 가능성이 컸고 그
날은 황금 같은 토요일이었고 나는 언제나처럼 3시 24분
청량리행 열차를 타야 했기 때문이다. 최 선생님에게 드
레싱을 부탁하고 그냥 서울로 갈까 하다가 그래도 한 번
은 화상 부위를 봐야 할 것 같았다. 그렇게 해서 결국 최
선생님, 최 전무와 함께 할아버지 댁에 가게 됐다. 아무
도 안 계셔서 찾아보니 집 뒤 보일러실에서 할아버지가
연탄을 갈고 계셨다. 왼쪽 팔과 다리는 중풍 때문에 쓰지
못해서 화상을 입은 오른손으로 겨우겨우 연탄을 갈았

다. 함께 사는 할머니도 지금 병원에 입원 중이었기 때문에 밥상 차리는 것부터 연탄 가는 것까지 모든 것을 혼자서 해나가셔야 했다. 최 선생님이 늘 그렇듯 상냥한 목소리로 "어르신, 제가 연탄 갈 줄 아는데… 해드릴게요" 하면서 할아버지 손에 잡힌 연탄집게를 얼른 건네받고 연탄을 갈았다. 잘한다고 말은 꺼내놨지만 막상 하는 것을 보니 구멍도 못 맞추고 시원찮은 것 같았다. 할아버지는 못 미더운지 옆에 서서 감시의 눈초리를 보내며 지도 감독을 하셨다. 연탄을 겨우 갈아드리고 나오면서 최 선생님 하는 말. "아, 머리 아파. 아, 어지러워. 오랜만에 연탄을 갈았더니 머리가 띵하네." 나와 최 전무는 옆에 서서 모른 척 각자 일을 했다. 속으로는 '또 시작하시는구나' 하고 웃으면서.

할아버지는 깊은 2도 화상이었다. 와보기를 잘한 것 같았다. 당분간 매일 드레싱을 해야 해서 일요일인 내일도 와야 했다. 어차피 이제 서울 올라가기는 글렀다는 자포자기의 심정도 있어서 할아버지께 내일 다시 오겠다고 말씀드리고 나왔다. 그렇게 해서 우리의 주말 드레싱이 시작된 것이다.

봄날이 되니 지난겨울 개천을 떠났던 철새들도 돌아왔다. 실개천은 지난겨울의 물빛을 잃었어도 떠났던 새들은 그 날개로 다시 이곳을 찾아온다.《한미 FTA 폭주를 멈춰라》의 저자 우석훈 씨는 연봉 3천만 원 이하의 사람들에게 한미 자유무역협정 이후의 삶은 지옥이 될 거라며 이 나라를 떠나기를 진지하게 권유했다. 내 연봉이 그 선을 넘어서고 있지만 책을 읽고 나서 한동안은 이 나라를 떠나고 싶다는 생각이 들었다. 물론 실현 가능성 없는 자조적인 희망에 가까웠다. 하지만 의료의 상업화를 극단적으로 밀어붙인 의료법 개정안과 자유무역협정의 파고 앞에서 이제 나 같은 의사들은 어느 교수의 말처럼 실력 없어 돈 못 버는 의사로 낙인찍힌 삶을 살아내야 할지도 모른다. 그런 예감이 들 때마다 내 어깨의 날개가 꿈틀거리는 것을 매번 느껴야 했다.

하지만 송 할아버지 앞에서, 한쪽으로 밀쳐놓은 식은 밥에 김치 한 종지뿐인 저녁식사와 그 손등의 화상과 쓰라린 통증에도 다시 그 손으로 연탄을 갈고 밥상을 차려야 하는 모습 앞에서, 나는 내 등의 날개를 감추고 싶었다.

빛나는 여백

"징역살이하는 것도 아니고…. 매일 혼자 있다가 사람들이 오니까 가족 같고 좋네!" 대문 앞에 앉아 왕진 나온 우리를 반갑게 맞아 주던 할머니는 독거노인이다. 아들은 멀리 살고 할아버지는 일찍 돌아가셨다. 어쩌면 할머니가 돌아가실 때까지 기약 없는 징역살이는 계속될지도 모른다. 코로나19가 시작된 지 벌써 10개월이 넘어간다. 그래도 나는 차가 있으니 외출도 하고 가끔은 외식도 하고 친구도 만나지만 외딴 시골에서는 차가 없으면 어디에도 갈 수가 없다. 코로나가 없을 때는 마을회관에서 주민들끼리 모여 밥도 같이 먹고 얘기도 했는데 몇 달 동안 마을회관은 문을 닫았다. 그 이후로 거의 두 달 동안 입맛이 없어 밥을 먹지 못하고 우유와 뉴케어(영양 유동식 캔)로 연명하고 계셨다. 드실 음식이 없어서 그러신가 하고 냉장고를 열어봤다. 냉장고 안에는 과일과 음식들이 썩어가고 있었다. 그냥 드시질 않는 거였다. "마을회관에서 밥 먹을 때는 잘 먹었는데 요즘은 밥맛도 없고 입맛도 없어. 너무 속상해" 하며 할머니는 울먹였다.

　할머니처럼 혼자서 식사를 못 하고 있는 어르신들을 위해 마을 활동가들은 일주일에 한 번씩 반찬 서비스를 해드리고 있었다. 마을회관에 모이질 못하니 밑반찬을 해서 직접 가져다드리는 것이다. 하지만 그 반찬의 절반 이상은 바로 개밥으로 간다. 같이 식사할 때는 남김없이 잘 드시던 분들이 혼자 있으면 귀찮아서 밥에 물 말아 먹고 끝낸다고 활동가가 귀띔을 해준다. 그러니 어르신들은 노인회관에서 밥을 먹은 게 아니었다. 만남이 밥이었고 그 밥이 끊어지자 식욕도 사라졌다. 함께 식사를 할 때 힘이 생기는 것은 밥의 힘이 아니라 관계의 힘이었던 것이다. 어르신들은 말라가고 개들은 살이 찌고 있던 시골 마을에서 돌아오면서 생각했다. '자꾸 내 밥그릇에 밥을 많이 쌓으려 하지 말고 함께 밥 먹을 사람을 만들자. 힘은 거기에서 나오고 미래는 그로 인해 바뀔 것이다.' 하지만 이런 호기로운 생각도 코로나 앞에서는 속수무책이다.

　하늘만 바라봐도 아름다운 가을. 나뭇잎 사이로 반
짝이는 햇살을 본다. 나무와 나무 사이의 여백이 빛날
때 숲은 더욱 아름답다. 만약 세상이 아름다워진다면 그
건 사람과 사람 사이의 여백, 그 관계의 모습 때문일 것
이다. 모든 에너지는 내 안이 아니라 나와 그 사이의 관
계에서 나온다. 지금 내 안에 있는 에너지조차 그것이 긍
정적이든 부정적이든, 실은 많은 부분이 이전의 관계에
서 온 것이다. 코로나는 관계의 힘, 그 삶의 에너지를 우
리에게서 앗아가고 있다. 나는 그것이 코로나가 입힌 가
장 큰 피해라고 생각한다. 나이가 많고 마을이란 협소한
공간에 갇혀 있을수록 더 그렇다. 돌아보면 서울에 계시
는 내 부모님도 징역살이하긴 마찬가지다. 최근의 통계
를 보면 코로나로 인한 30~40대의 치사율은 0.06퍼센트
인 반면 85세 이상 노인의 치사율은 27퍼센트라고 한다.
400배가 넘는 치사율의 차이는 감당해야 할 고통과 고립
의 무게도 똑같이 차이 나게 만든다.

　세상의 중심은 '중요한 사람'이 아니다. '고통받는
사람'이다. 쓰러져가는 택배 노동자들의 삶이 변할 때 우
리 삶의 속도가 달라질 수밖에 없듯이 고통의 중심은 이
사회에 필요한 변화의 중심이 될 것이다. 더 젊고 그래서

덜 위험하고 더 자유로운 세대가 어르신들을 중심에 두어야 한다. 왜냐하면 그들도 모두 운이 좋으면 노인이 되기 때문이다.

휴일, 춘천의 소양강변은 코로나 시국에도 빈자리가 없을 정도로 붐볐다. 나는 강변을 산책하면서도, 아름다운 단풍들을 보면서도 빈방에 혼자 계실 부모님을 생각하지 않을 수 없었다. 사랑스러운 것을 볼 때, 너무 아름다운 것을 볼 때 어쩔 수 없이 생각나는 이들이 있다. 아무리 아름다운 단풍이 세상에 찾아와도 아름다움에 접근할 길이 없는 사람들이 있다. 아름다움에 다다를 수 없는 삶이 있다. 이 속수무책의 가을에 그저 괜찮은지 안부라도 물었으면 좋겠다.

2

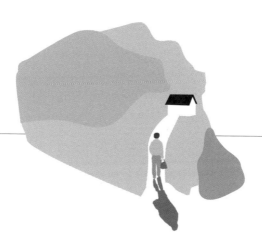

어른거리는 얼굴들

민 할아버지의 수난극

"요거하고 요거!" 민 할아버지는 검지로 약봉지의 약을 가리켰다. "맞아요. 보시기에도 모양이 똑같잖아요. 그 두 알이 같은 약이에요." 내가 어르신들 댁에 왕진 가서 맨 먼저 하는 일은 복용하고 있는 약을 확인하는 거다. 할아버지는 8년 전 뇌경색이 온 이후로 복용해온 약을 내 앞에 펼쳐 보였다. 하루에 열여섯 알. 거기에 당뇨약까지 포함하면 스무 알이 넘어간다. 약의 개수도 많지만 문제는 따로 있었다. 같은 대학병원 신경과와 심장내과에서 처방받는 약이 중복되어 있었다. 아스피린과 실로스타졸. 성분만 같은 게 아니라 이름도 같았다. 완전히 동일한 약인데 신경과와 심장내과에서 중복으로 처방한 것이다. 지난 8년간 할아버지는 권장 용량의 두 배를 복용했던 셈이다. 더 큰 문제는 신경과에서 크레스토라는 고지혈증약을 처방하고 있는데 심장내과에서 리피토라는 고지혈증약을 또 처방했다는 점이다. 두 약제는 동일한 고지혈증약이기 때문에 병용해서는 안 된다. 이건 어찌 보면 의료 사고에 해당했다.

민 할아버지의 일은 요즘의 진료 환경을 생각하면 놀라운 일이다. 의사들이 사용하는 진료 차트에는 DUR(의약품안전사용서비스)이라는 게 있다. 여러 병원을 이용하는 환자의 경우 약이 중복 처방될 우려가 있어 이를 예방하기 위해 진료 차트에 경고창이 뜨도록 건강보험공단에서 만들어놓은 프로그램이다. 지난 수년 동안 신경과와 심장내과 의사 모두 이 경고 창을 무시하면서 약을 중복 처방한 것이다. 모르고 한 일이 아니고 알면서 한 일인 셈이다. 나는 중복되는 약을 알려드리며 오늘부터 빼고 복용하시고 다음 달에 병원 가면 의사 선생님께 약이 중복되는 것 같으니 조정해달라고 부탁해보길 권했다.

그리고 한 달 후 할아버지를 다시 만났다. "내가 신경과 교수한테 가서 약 두 봉지를 내놓고 얘기를 했어. 겹치는 약이 있는 것 같은데 빼주십사 하고. 그랬더니 교수가 화를 내면서 그러는 거야. 그럼 그 말을 한 의사한

테 가서 약 처방을 받으래. 자기는 약 처방을 못해주겠다고. 뭔 말을 못하겠더라고. 억울해서 그냥 왔어."

하지만 일주일 후 할아버지는 다시 교수를 찾아가서 약을 타 왔다. 똑같은 약을 다시 처방받아 온 것이다. 왜 그랬을까. "내가 병이 더 악화되면 다시 그 병원으로 가야 할 거 아니야. 거기 다닌 지가 8년이야. 내가 거기를 안 다니다가 다시 중풍이 와서 또 입원하면 그 교수한테 가야 하잖아. 그때 교수 얼굴을 어떻게 봐." 질환에 대한 두려움은 의사에 대한 의존성을 강화시킨다. 환자들은 자신의 건강을 지키기 위해서라면 스스로 병원의 인질이 되는 일도 마다하지 않는다. 교수는 할아버지에게 벌이라도 주는 것일까. 받아온 약을 보니 중복된 약이 빠지지 않고 그대로 처방되어 있었다. 그러면 심장내과 선생님에게라도 중복되는 약을 빼달라고 부탁하라고 했더니 할아버지는 겁부터 내신다. 신경과 의사처럼 또 처방 안 해준다고 화를 낼까 봐 말을 못하겠다는 것이다.

왕진을 가보면 어르신들 대부분이 어두컴컴한 방 안에서도 불을 켜지 않고 있다. 의료진이 들어가서 불을 켜야 한다. 그렇게 생활비를 아끼는 것이다. 민 할아버지도 나를 처음 만났을 때 약값이 너무 많이 든다며 지원받을 수 있는 방법이 없는지 물었다. 자식들한테 손 벌리기가 너무 미안하다는 것이다. 몸을 망치는 것도 모자라 지난 수년간 그렇게 돈을 아껴가면서 복용하지 않아도 되는 약값을 내고 있었다. 이 어처구니없는 수난극은 왜 생긴 걸까. "진료실에 들어가면 그 교수가 손 한번 안 대고 말만 해. 그것도 길어야 2분이야." 어쩌면 이 말에 이 고난극의 이유를 설명하는 단서가 있는지도 모른다.

　　봉직의사로 일할 때 외래환자를 많이 보고 온 날에는 젓가락 드는 것도 힘들 때가 많았다. 부끄러운 일이지만 집에 돌아와 밀린 설거지를 할 때면 어김없이 짜증이 밀려왔다. 그때마다 아내에게 예민하게 굴기도 했다. 가족들의 마음을 보살피고 아껴야 하는데도 내 마음이 이미 지치고 힘들어서 자신의 상처를 핥아내기에도 바쁜 한 마리 짐승으로 살고 있었던 것이다. 2분마다 환자가 들어오는 곳에서 정성 어린 진료를 하려면 인공지능 수준의 판단력과 부처님 수준의 마인드 컨트롤이 동시에 가능해야 한다. 현실에서 그런 인간은 드물고 진료실은 인격 수양의 장이 되어서는 안 된다. 신경과 의사를 옹호하기 위해 하는 말이 아니다. 다만 그런 돌출적인 존재들이 가능한 진료실 안의 사정을 설명하려는 것이다. 이 시스템에서 의사를 구출하지 않는 한 환자도 구출할 수 없다. 의사에게 일어나는 일은 그대로 환자에게 일어나기 마련이다. 시스템이 바뀌지 않는 한 그 교수 같은 의사와 민 할아버지는 계속해서 진료실에서 만나야 한다. 결국 언젠가 우리 가족과 나도 민 할아버지처럼 그 진료실 안으로 들어가야 한다.

한 할머니가 의자에 앉아 있다. 다리가 불편한지 의자 옆에는 지팡이가 세워져 있다. 젊은 여성이 다가와 할머니에게 인사를 하고 악수를 청한다. 할머니가 자리에서 일어나자 여성은 지팡이를 건네드리고 할머니의 가방을 받아 안고서 함께 걸어간다. 계단이 나온다. 여성은 한쪽 팔을 건네 할머니를 부축하면서 계단을 내려간다. 그렇게 함께 팔짱을 낀 두 사람은 천천히 보조를 맞추며 방으로 들어간다. 유럽 영화〈언노운 걸(The Unknown Girl)〉의 엔딩 장면이다. 여성은 동네 의사이고 할머니는 환자이며 장소는 병원 안이다. 의사가 대기실에 앉아 있는 환자를 자신의 진료실 안으로 모시고 들어가는 모습이었던 것이다. 내가 꿈꾸는 의료 시스템의 변화에 가장 가까운 건 이런 모습이다. 단순히 진료 2분 보던 것을 6분으로 바꾸는 것이 근본적인 변화라고 생각하지 않는다. 기존의 의료 시스템이 효율성이란 이름하에 불필요하다며 버렸던 모든 과정, 즉 환자를 만나러 가서 진료실에 모시고 들어가는 모든 과정과 그 과정에서 일어나는 모든 접촉이 환자에게 주는 의미를 불필요하다고 보지 않는 것이 변화다. 그래서 의사에게도 똑같이 그 모든 과정이 의미 있는 과정으로 이해되는 것이 근본적으로 필요하다.

의료와 진료는 다르다. 의료와 진료가 같은 의미가 되어버린 것이 한국 의료의 중요한 문제점이라고 나는 생각한다. 환자의 집을 찾아가거나 환자에게 다가가 먼저 인사를 건네고 그를 진료실로 인도하고 진료가 끝나면 문 앞까지 배웅하는 과정, 그 접촉으로 인해 환자의 마음뿐 아니라 의사의 마음에서 일어나는 변화들. 그것은 과연 의미가 없을까. 그 과정은 다음으로 이어질 진료, 즉 의사가 진료실 의자에 앉으면서 시작되는 진찰에 아무런 영향을 미치지 않는 것일까. 그 과정을 의료의 일부분으로 이해하지 않고 진료만을 의료라고 생각하는 것이야말로 한국 의료의 수많은 문제를 일으키는 시발점일 것이다.

한 사람의 환자로서 나는 어떤 모습으로 진료실 안으로 들어가고 싶은가. 민 할아버지인가 아니면 영화 속 할머니인가. 이 질문은 결국 '내가 어떤 의사로서 살고 싶은가'와 같은 것이었다. 시스템의 문제를 지적했지만 시스템을 탓하는 것만큼 쓸모없는 얘기도 없다. 시스템이라는 장벽을 탓하면서도 스스로는 그 장벽을 이루는 한 장의 벽돌이 되기를 마다하지 않는 개인들이 있는 한 시스템은 결코 변하지 않는다. 적어도 내가 사는 동안에는, '환자로서의 나'는 민 할아버지와 같은 모습으로 진료실에 들어갈 수밖에 없을 것이다. 하지만 그렇다 하더라도 '의사로서의 나'는 민 할아버지가 진료실에서 만났던 의사와는 다른 모습으로 살아갈 수 있지 않을까. 한 장의 벽돌로 살아도 봤지만 결코 벽돌은 행복하지 않았다. 그래서 묻지 않을 수 없었다. 다른 사람들에게가 아니라 자신에게. 그래서 너는 어떻게 살 거냐고. 한 장의 벽돌이 되기를 마다하고 파도에 깎이고 옆 존재와 부딪히고 깨지면서도 자신만의 모양과 색깔로 해변에 있는 작은 돌멩이 하나로 남겠느냐고.

쓰잘데기없는 의사

_____ 진료실에 할머니 한 분이 다리를 절뚝거리면서 들어오셨다. "할머니, 어디 다치셨어요?" "그런 건 아니구 원래 관절이 안 좋아서 이렇게 걷기가 힘들어. 병원 오는 것도 큰맘 먹어야 올 수 있어." 병원 오기 힘드니 약을 좀 많이 처방해달라는 말씀도 덧붙이신다. 골다공증약을 타러 이렇게 힘든 몸으로 오시는 게 죄송스럽기도 하고 오다가 넘어지기라도 하면 골절의 위험성도 있어 보여서 수개월분 약을 한꺼번에 처방해드렸다. 그리고 두어 시간 후 퇴근하면서 장을 보기 위해 마트에 들렀다. 그런데 멀리 낯익은 분이 보였다. 바로 그 할머니였다. 그런데 기적처럼 전혀 절뚝거리지 않으신다. '어, 이건 뭐지?' 장보는 수레에 짐도

가지고 계셨다. 혼자서 그 무거워 보이는 짐을 끌고 가셨다. 갑자기 어안이 벙벙해지다가 그제야 깨달았다. 할머니는 병원 오는 횟수를 줄여 병원비와 처방료를 아끼려고 일부러 내 앞에서 절뚝거리신 거였다. 할머니에게는 그렇게 해야만 했던 삶의 이유들이 있었을 것이고 결국 나는 그날 할머니께 아는 체를 못했다.

진료실 안과 밖은 얇은 문 하나로 나뉘어 있지만 그 두 세상의 간극은 문 안쪽에서는 상상할 수도 없을 때가 많다. 그러니 삶에 가까이 가 있지 않으면 결국 진료실 안의 얘기들은 진료실을 벗어나는 순간 휘발되고 만다. 고혈압을 진단받은 사람들 중 38퍼센트는 치료를 받지 않고 있다. 한국처럼 의료에 대한 접근성이 좋고 진료비와 약값이 싼 나라가 드문데도 그렇다. 왜일까? 무엇보다 삶이 허락하지 않기 때문이다. 자신의 건강을 돌아볼 여유가 한국에서는 좀처럼 허락되지 않는다. 한 달에 한 번 병원에 가 약을 타고 매일 챙겨 먹는 일을 어렵게 만드는 정신없는 속도의 삶이 진료실 밖에 있는 것이다. 의사들은 그것을 좀처럼 이해하지 못한다.

그런 의미에서 나를 포함한 동네 의사들이 좀 더 쓰잘데기없어져야 한다고 생각한다. 물론 진료실 안에서는 질환에 대한 얘기만 하는 것도 벅찬 게 사실이다. 하지만 좋은 진료가 되려면 먼저 좋은 이웃이 되어야 한다. 적어도 동네 병원에서는 그렇다. 의사와 환자 사이의 관계가 가까워질수록 의사는 불필요한 의료 행위를 할 가능성이 줄어든다. 내 가족 같고 내 친지 같은 사람을 속일 순 없지 않은가. 주고받는 말이 기능적이면 관계도 기능적으로 맺어질 수밖에 없다. 맨날 병 얘기, 약 얘기만 하는데 의사 아닌 다른 무엇이 되긴 힘들지 않겠는가. 물론 그마저도 잘하는 사람은 드물다.

그런 것 말고 어쩌면 쓸잘데기없다고 할 수 있는 다른 이야기들을 좀 주고받으면 어떨까. 관계의 최고 형태는 쓸잘데기없음이지 않은가. 우리는 친구나 가족을 무슨 이유 때문에 만나지는 않는다. 사랑하는 사람과의 관계를 채우는 대부분의 것은 쓸잘데기없음이다. 쓸잘데기없고 사소한 것들은 마치 우리 눈앞에 펼쳐진 소박한 풍경처럼 아무런 말도 하지 않고 어떤 의미도 강요하지 않지만 지치고 힘든 우리의 일상을 보듬어 안아준다. 의미로 가득 찬 이 세상에서 '의미 없음'이 주는 그 넉넉함 앞에서 우리는 새삼 그 이전의 의미들에 대해 다시 생각하게 되는 것이다.

자본주의 사회에서 사람들이 고독해지는 건 기능화되어 있기 때문이다. 편의점은 물건을 파는 곳이다. 하지만 예전 동네 슈퍼는 물건만 팔지는 않았다. 슈퍼 아주머니는 동네 이웃이기도 했다. 여름밤이면 슈퍼 앞 평상에는 늘 동네 사람들이 옹기종기 모여 앉아 떠들곤 했다. 그러니 슈퍼 아주머니는 적어도 편의점 주인이 갖는 고독감을 느낄 겨를은 없었을 것이다. 역할이 기능화될 때 우린 고독해진다. 의사라는 직업도 그런 것 같다. 내가 그리는 몇 년 혹은 몇십 년 후의 가장 좋은 내 모습은, 그래서 쓰잘데기없는 의사다. 나는 적어도 이 세 평짜리 진료실이란 감옥에 갇힌 전문가로 남고 싶지는 않다. 그런데 갈 길이 참 멀다.

코끼리는 움직일 수 있다

                                양쪽 손가락 관절이 너무 아프다며 우리 병원을 찾아온 장 할머니. 진찰을 하고 방사선 검사를 해보니 손가락 관절염이 의심되었다. 왜 갑자기 그런 통증이 생긴 걸까 궁금해 자세히 여쭤보니 할머니가 이 추운 겨울에도 빨래를 손으로 하고 계시다는 것을 알았다. "집에 세탁기 없으세요?"라고 묻자 "세탁기가 없기도 하지만 사실은 필요도 없어요. 빨래, 얼마 되지도 않는 거를 뭐 하러 세탁기 돌려요. 내가 손으로 빨면 되는 건데…" 하신다. 나는 찬물에 손빨래를 하는 동작들이야말로 손가락 관절을 망가트리는 지름길이라는 걸 설명하고 가급적 손빨래를 자제할 것을 부탁드렸지만, 어차피 집에 세탁기를 들여놓지 못하는 한 할머니의 손가락 통증은 계속될 것 같았다. 손가락에 무리가 덜 되는 빨래 동작들을 설명하고 가장 많이 부은 손가락 관절에 염증 가라앉히는 주사를 놓은 후 진통제를 처방해 드렸다.

며칠 후 할머니는 다시 병원을 찾아왔다. 주사 맞은 손가락은 덜한데 다른 손가락들은 통증이 여전하다는 것이다. 내가 할 수 있는 것은 그저 약 용량을 조금 높여드리는 것 말고는 없었다. 예전에 사셨던 곳이야 한 몸 뉘기에도 비좁은 곳이었으니 세탁기를 들여놓을 수 없었지만 지금은 넓은 집으로 이사를 하셔서 구할 수만 있다면 세탁기를 들여놓을 수 있는 상황이었다. 하지만 할머니는 여전히 세탁기를 장만하지 않고 버티고 계셨다. 할머니의 손가락 통증은 몸에서 오는 것이 아니라 할머니의 삶에서 오는 것이었다. 세탁기 구입과 손가락 통증을 참는 것, 둘 중에서 후자를 택할 수밖에 없는 어떤 삶이 할머니에게 있는 것이다. 할머께 지금 필요한 의사는 진통제 몇 알을 얹어주는 나 같은 사람이 아니었다. 중고 세탁기라도 가져다드릴 수 있는 분. 그분이 실은 할머니에게 맞는 적절한 의사라는 생각이 어쩔 수 없이 들었고 의료생협 조합원 게시판에 할머니의 사연과 함께 중고 세탁기를 구한다는 내용의 글을 올렸다. 다행히 조합원

한 분이 기꺼이 중고 세탁기를 선물해주셨다.

　약이나 주사를 잘 쓰는 의사와 병을 잘 고치는 의사는 결코 같지 않다. 장 할머니의 관절염은 내가 아무리 좋은 약을 쓴다 하더라도 할머니의 삶의 조건이 달라지지 않는 한 좋아지기 힘들 것이다. 우리의 의사 교육 시스템은 늘 치료의 개념을 약물이나 시술, 수술에만 한정해서 생각하게 한다. 현대의학은 환자의 병이 어떤 삶 속에서 발생하는지에 대해 성찰할 것을 요구하지 않는다. 관절염은 분명 관절에 무리를 주는 자세나 생활 습관을 강요하는 어떤 계급 혹은 계층에서 더 잘 발생한다. 하지만 현대의학은 이 점에 대한 사유가 별로 없다. 그래서 의사로 하여금 진통제 주고 주사 치료하고 필요하면 수술하는 것으로 역할을 다 했다고 생각하게 만든다. 그렇게 접근해갈수록 환자들의 계속된 내원으로 의사들의 주머니 사정은 더 나아지겠지만 그와 더불어 무기력증도 더 커진다. 의사만 무기력한 게 아니다. 환자도 무기력해진다. 환자들은 더 나은 치료를 받기 위해 의사들을 쇼핑하러 다닌다. 시골에서 농사짓는 어르신들을 보면 요통이나 무릎 통증을 계기로 삶의 습관을 어떤 식으로든 교정해보려 노력하기보다는 더 나은 의사를 찾기 위해 이 병원 저 병원 돌아다니시는 분들이 더 많다.

좋은 의사란 무엇일까. 늘 내 마음속에 있는 질문이다. 그리고 그것에 대한 답도 늘 달랐다. 하지만 지금은 환자들의 삶에 밀착해 있는 의사가 좋은 의사가 될 가능성이 높다고 생각한다. 그분들의 삶에 대한 이해가 높을수록 병에 대한 이해도 높아진다. 그만큼 치유의 가능성도 높아진다. 의사는 어둠 속에서 꼬리를 더듬는 사람이다. 그 꼬리를 더듬어가다보면 예기치 않게 '코끼리'를 만나기도 한다. 진료실에서 만나는 것은 증상이지만 뿌리를 쫓아가다보면 어쩔 수 없는 삶의 조건과 이를 강제하는 '사회'라는 코끼리를 마주하게 되는 것이다. '내가 아프다'는 것을 통해 '우리가 아프다'는 것을 깨닫는 지점이다.

옴짝달싹하지 않는 코끼리처럼 그분들의 삶의 조건은 쉽게 변하지 않는다. 그렇다고 세상이 바뀔 때까지 마냥 손놓고 기다릴 수는 없다. 장 할머니의 관절염을 치료한 사람은 누구일까. 약을 처방했던 나일까 아니면 세탁기를 보내드린 익명의 조합원일까. 결국 우리가 기댈 곳은 우리가 속한 공동체다. 서로 힘을 합치고 도와가면서 서로가 서로에게 치유자가 되려는 노력. 그것만이 지금의 의료가 갖고 있는 문제들을 해결할 수 있는 근본적인 동력이 되리라는 생각이 든다. 우리는 모두 의사다. 코끼리는 움직일 수 있다.

할아버지의 산나물

"어이쿠 어르신, 이제 오셨어요? 어쩌죠. 오늘 진료가 끝났어요!" 토요일 진료를 마치고 병원 문을 나서는데 채 할아버지가 주차장으로 이어진 병원 후문 앞에 서 계셨다. 늦게 오신 줄 알고 진료가 끝났다는 안내를 해드리니 진료 때문에 온 게 아니라면서 신문지로 포장한 무언가를 건네셨다. 촘촘히 싸놓은 신문지를 열어보니 산나물이었다. "양이 얼마 안돼서 병원 직원들과 나누어 먹으라고 할 수가 없어갖고 병원에 못 들어가고 원장님을 밖에서 기다린 거야." 그러면서 하시는 말씀이 밖에서 한 시간이나 기다리셨다 한다. "이 귀한 걸 왜 저에게…. 감사합니다!" 할아버지께 거듭 인사하고 헤어져 주차장에 세워둔 내 차에 타려는

데 멀찍이서 할아버지가 낡은 자전거를 끌고 가면서 내가 가는 걸 지켜보고 계셨다. 너무 오래돼서 제대로 갈 수나 있을까 싶은 녹슨 자전거는 엔진을 장착한 상태라 그나마 가동이 가능한 듯 보였다. 갑자기 내 차가 낯설어졌다. 저렇게 낡은 자전거를 타고 다니면서 나물을 캐서 번 돈으로 우리 병원을 이용하고 계셨다는 것과 그런 분들이 낸 진료비로 내가 자동차를 샀다는 생각이 동시에 들었기 때문이다. 나도 몰랐던 내 자동차의 비밀이 드러나는 것만 같았다. 산나물을 받았을 때 고마운 마음과 함께 잠시나마 나 스스로에 대한 뿌듯함이 밀려왔던 걸 생각하니 더욱 부끄러워졌다.

내가 차를 타는 것을 지켜보시던 할아버지의 시선 앞에 드러난 것은 내 자동차의 비밀뿐만 아니라 내 삶의 태도이기도 했다. 나는 자본주의적 교환 관계가 몸에 밴 사람이다. 돈을 주고 어떤 서비스를 받으면 당연히 제대로 된 서비스를 기대한다. 만약 내가 환자로서 나 같은 의사를 만났다면 어땠을까. 내 진료를 당연한 서비스라 여길 것이다. 간혹 엉망이었던 다른 병원의 진료들을 생각하면서 상대적으로 약간 고마워할 수 있을지는 모르지만 그렇다고 그 의사를 위해 산에서 나물을 캐 오지는 않을 것이다. 진료비를 냈으니까 받아야 하는 당연한 진료라 생각하며 병원 문을 나설 것이다. 그런 나에게 할아버지의 산나물은 불가능한 선물이었다. 그리고 늘 그렇듯이 내게 없는 것들은 내게 있는 것들에 대해 의문을 제기한다.

모든 것의 가치를 매개하는 돈은 역설적으로 돈으로 표시된 것들의 진정한 가치를 느끼지 못하게 한다. 할아버지의 산나물뿐만 아니라 나의 노동 또한 그 값어치를 돈으로 매길 수 없기는 마찬가지였다. 얼마 전 출장검진 의사가 연락도 없이 안 나오는 바람에 병원 부원장이 출장검진을 나간 적이 있다. 덕분에 평소라면 부원장과 내가 함께 봤던 내원 환자들을 전부 혼자서 감당해야 했다. 일과가 끝날 무렵엔 몸살 기운이 생길 정도로 힘들었다. 그때 이런 생각이 들었다. '이 높은 노동 강도를 내 월급으로 위안 삼아도 될까. 주변에 나보다 힘들게 사는 사람들이 많다고 주문을 되뇌며 자신을 망가뜨려도 되는 것일까.' (그렇지도 않지만 설사) 아무리 뜻깊은 진료를 하고 있다고 해도, 그 과정에서 내 삶이 고갈되어가는 것은 변함이 없었다.

퇴근길에 장을 보며 귤 한 박스를 사왔다. 5킬로그램에 만오천 원이 넘어간다. 할아버지의 산나물 덕분에 귤을 먹으면서 생각했다. 이 귤에 대해 만오천 원을 지불한 나는 정말 정당한 대가를 지불한 걸까. 이 귤도 그날 진료실의 나처럼 누군가의 삶의 시간과 생의 에너지를 고갈시키면서 만들어졌을 것이다. 사람의 땀방울을 돈으로 바꿀 수 있다고 생각하는 순간 한 사회의 비극이 시작된다. 만오천 원. 아니 더 많은 액수를 지불했다 하더라도 그것을 결코 정당한 대가라고 해서는 안 되었다. 이 귤 안에 들어 있는 것은 결코 돈으로는 살 수 없다. 그 어떤 것으로도 살 수 없는 것이기에 그나마 돈을 주고 사는 것이다. 돈으로 가치를 매긴다고는 하지만 여전히 거기에는 가치를 매길 수 없는 것이 들어 있다. 오늘 내 노동과 진료도 결코 그 무엇으로도, 월급으로도 환자들의 감사로도 대신할 수 없다.

얼마 전 진료실에서 만난 할아버지의 손은 딱딱한 돌덩이 같았다. 그 손으로 아직 냉기가 사라지지 않은 봄 산에 올라가 나물을 캐 오신 할아버지. 나의 어떤 진료도 할아버지의 산나물을 대신할 순 없다. 우리는 모두 대신할 수 없는 것들에 기대어 살고 있다. 무엇으로도 대신할 수 없기에 그나마 그 무엇으로 대신하려 할 뿐이다.

기적

"의사 선생님, 아~ 배가 아파요." "예, 잠깐만 기다리세요." 조카 아영이는 내 책상 서랍을 뒤적거리며 이어폰을 꺼내더니 "여기 누우세요" 한다. 그러고는 한쪽 이어폰을 내 배 위에 올려놓고 다른 쪽으론 청진을 하더니 내 배꼽을 이어폰으로 막는다. "의사 선생님, 뭐 하시는 거예요?" "아, 세균들이 밖으로 나오는 걸 막는 거예요. 이렇게 하면 세균들이 하늘나라로 올라가요." "아! 그래요? 그래도 배가 계속 아픈데요." "어, 아직 세균들이 나올 때가 안 됐는데… (시계를 보는 척하더니) 12시가 돼야 세균이 나오거든요. 조금만 참으세요." "아, 조금 나아진 것 같아요." "(다시 서랍을 뒤지더니 옷 단추를 꺼내온다.) 여기 약 있으니까 먹으세요."

"예. 근데 약이 쓰면 저는 못 먹는데요?" "이 약은 절대 안 써요. 달아요." "아, 그래요."

일주일 전 우리 병원 위층에 출강하는 강 선생님이 속이 쓰리다고 오셨다. 내시경을 받은 지가 10년이 넘었다고 하셨고 예순을 훌쩍 넘긴 나이였기 때문에 나는 위 내시경을 권했다. 그분은 내가 의료생협 소식지에 쓴 글을 보았노라고 하시면서 사는 곳이 어디냐고 묻기도 하셨다. 짧은 시간 얘기를 나누었지만 맑고 정갈한 기운을 갖고 계신 걸 느낄 수 있었다. 그리고 토요일 오전. 내시경하면서 시행한 조직검사 결과를 통보받았다. 위암이었다. 내시경 소견상으로는 궤양에 가까울 거라 생각했는데 간혹 이렇게 예상 밖의 결과가 나오는 경우가 있다. 급히 연락을 취했지만 전화를 받지 않으셨다. 남편의 연락처를 겨우 알아내 연락을 취했지만 본인은 결혼식장에 있고 아내가 지금 옆에 없다고 하셨다. 꼭 연락을 달라는 말씀을 드리고 끊은 후 서울행 기차를 탔다. 한없이 따사로운 봄 햇살에도 마음은 무거운데 기차를 타고 오는 내내 바깥 풍경은 너무나 멀쩡했다. 평화로운 삶의 풍경은 이런 식으로 사람을 아프게 하겠구나 싶었다.

서울 집에서 아영이랑 병원놀이하던 차에 전화가 왔다. 강 선생님이었다. 오전부터 어떻게 말씀드려야 할지를 곰곰이 생각했다. 이런 때일수록 에두르는 표현보다는 정확하고 직접적인 표현이 좋을 듯싶어서 (암을 지칭하는 의학 용어인) 종양이라는 말보다는 암이라는 말을 쓰기로 마음도 정했다. 그러나 막상 통화를 할 때는 나도 모르게 '검사 결과가 종양이 나왔다'고 말했다. 암이라는 말이 차마 입에서 떨어지지 않았다. 선생님은 무슨 말인지 잘 모르겠다며 다시 한번 결과가 어떻게 나왔냐고 물었고 그때서야 나는 암세포가 나왔다고 말했다. 선생님은 가슴이 떨려서 전화를 못 받겠다며 남편에게 수화기를 건넸다. 나는 향후의 계획에 대해서 설명하고 월요일에 꼭 병원으로 오시라고 말했다.

"나는 큰아빠 방이 제일 좋아." 내 책상을 뒤적거리고 있는 아영이의 얼굴에서 강 선생님의 어렸을 때 얼굴이 상상이 되고 우리 아영이도 그분처럼 그렇게 나중에 나이 들고 또 병이 들겠구나 하는 생각을 한다. 살아갈수록 사람의 일은 기도하고 또 나누는 것이라 믿고 있다. 그래서 늦은 밤 모교 교정에 올라가 내가 늘 기도하던 나무를 만나고 왔다. 친구가 암에 걸렸을 때 구명을 간곡히 기도했던 나무를 바라보며 강 선생님과 그 가족들에게 앞으로 다가올 아픈 시간들이 헛되지 않기를 기도했다. 암세포들이 하늘나라로 올라가는 기적이 이 지상에 오지는 않을 것이다. 하지만 그런 암세포들도 어쩌지 못하는 사람의 마음이란 것이 이 지상에는 있다. 슬픔을 나누는 마음. 이 지상에 기적이 있어왔다면 그 마음에서 온 것일 거다.

산소통 없이

아주머니는 내가 청진기를 떼자마자 기다렸다는 듯이 얘기했다. "제 몸이 점점 망가지고 있다는 것을 알아요. 남편에게는 얘기하지 말고 제게 말해줘요." 아마도 남편이 자리를 비운 사이, 자신의 몸 상태에 대한 솔직한 얘기를 듣고 싶어 하는 듯했다. 실제로 병원에 있다보면 가족들은 환자에게 병을 숨기고 환자는 가족들에게 병에 대해 묻지 않는 것을 자주 본다. 알면서도 서로 모른 척하며 슬픈 시간을 견디는 것이다. 갓 예순을 넘긴 그분은 만성 폐쇄성 폐질환이 중증으로 접어들어 심장 기능도 많이 떨어져 있으리라 짐작되는 분이었다. 동맥혈 검사 소견도 그리 썩 좋지 않아 산소 농도를 조금만 올려주면 곧바로 이산화탄소가 심하게 정체되곤 했다. 기도 폐쇄의 정도가 그만큼 심하다는 방증이었기에 여차하면 기계 호흡을 해야 할지도 모르는 상황이었다. 나는 예전에 비해 더 안 좋아졌다는 것과 몸이 붓는 걸로 봐서는 심장 기능에도 문제가 있어 보인다는 것을 실제보다는 완화시켜서 얘기했다.

"그러면 제가 집에서도 산소를 하고 있는데 얼마 정도 해야 해요?" "15시간 이상은 하고 있어야 합니다." "30분 하는 것과 아예 안 하는 것은 차이가 있어요?" "글쎄요…." 그의 사정을 들어보니 2만 원 정도 하는 산소통을 하나 사면 24시간 쓸 수 있는데 집안 사정이 좋지 않아 아껴가면서 힘들 때만 하루 30분 정도 해왔다는 것이다.

언젠가 TV에서 만성 폐쇄성 폐질환을 앓고 있는 분의 인터뷰를 본 적이 있다. 길을 가다가 비가 와도 숨이 차서 뛰질 못한다. 너무 숨이 찰 때는 용변이 나올 때도 있는데 그때도 뛰질 못하니 전봇대를 붙들고 용변을 봤다는 사연들…. 입원한 환자 중에는 코에 산소 줄을 하지 않으면 화장실 가는 것도 숨이 차서 힘들어하는 분도 많다. 하루 24시간 중에 23시간 30분을 아주머니는 이렇게 숨이 차오르는 고통 속에서도 무방비로 견뎌가고 있었다. 그리고 말했다. "자식도 없고 또 살 만큼 살았으니 죽어도 여한은 없어요. 다만 이 상태로 질질 끌까 봐 걱정이에요." 가래가 차 있는 아주머니 등을 손바닥으로 두드려주고 나는 애써 웃으며 대답했다. "아주머니, 죽긴 왜 죽어요? 이 병원에 아주머니보다 훨씬 더 심해져 와서도 멀쩡하게 걸어 나가시는 분이 수두룩한데."

늦은 시간, 병원 문을 나서는데 맑은 밤하늘에 달이 찼다. 보름에 가까운 저 달을 잠시 서서 바라보고 있으니 삶은, 그토록 아스라이 먼 거리에서 여전히 자신은 신비한 것이라고 말하는 듯했다. 난 내 등 뒤에 있는 병원에서 채 피지도 못하고 지는 사람들을 생각하며 뭉클한 슬픔으로 끄덕거렸다. 삶은 여전히 신비한 것이라고. 15시간과 30분. 그리고 저 달과 나 사이의 거리만큼이나.

주스 한 잔

_____ 윤 할머니. 잘 먹지 못
하고 전신에 욕창이 생겨서 들어온 그분을 중환자실의
간호사들은 익히 알아보았다. 퇴원할 때보다 훨씬 더 안
좋아져서 왔다고, 집에서 식구들이 그냥 방치한 게 뻔하
다고 다들 한목소리를 냈다. 담당 내과 과장님은 외국 학
회에 나가시면서 윤 할머니에게 약을 쓰거나 검사를 할
때는 꼭 보호자에게 물어보고 하라고 내게 당부하셨다.
칼륨 수치가 너무 떨어지고 저혈압과 패혈증 증세가 있
어서 내과 과장님의 당부대로 할머니의 보호자인 아들에
게 전화했다. 역시나 아들은 어머니에 대한 모든 치료와
검사를 거부했다. '검사를 하고 치료를 해서 사실 수 있
다면 모를까, 어차피 몇 개월 연장하는 거밖에 안 된다.

저렇게 사시면 뭐하냐. 차라리 돌아가시는 게 낫다. 우리 가족도 먹고살기 힘들다' 그런 얘기들이었다. 난 '이곳은 병원이고 사람을 치료하는 곳이지 죽도록 방치하는 곳이 아니다. 그럴 거면 차라리 할머니를 데리고 가라'고 언성을 높였다. 아들은 '지금은 집을 공사하는 중이라 어려우니 하루 이틀 내로 방을 구해서 모시러 가겠다'고 큰소리치며 전화를 끊어버렸다.

난 담당 간호사에게 다른 것은 몰라도 칼륨이 떨어지면 심장마비가 올 수 있으니 오늘만큼은 꼭 칼륨 제제를 투여해야 할 것 같다고 말했다. 아들이 항의하면 내가 다시 얘기하겠다고 해두고 착잡한 마음으로 중환자실을 나오는데 복도 반대편에서 화사한 차림의 젊은 여성이 걸어오고 있었다. 이상했다. 그의 모습 중에 그 무엇도 윤할머니를 떠올리게 하는 건 없었지만 난 그를 보면서 할머니의 젊은 시절은 어땠을까를 생각했다. 그리고 전화기로 나에게 으르렁대던 그 아들의 어린 시절도. 가족이 자신을 방치하는 것을 아마도 모르지 않을 할머니는 어떤 마음으로 이 세상을 떠날까. 밤늦게 병원에 있는 편의점에서 오렌지 주스 한 통을 사서 중환자실에 올라갔다. 떨어진 칼륨 수치는 올려야겠고 보호자들은 아무런 조치도 하지 말라고 하니 별 수 없이 주스로라도 보충을 해야

142

했다. 간호사에게는 '아드님이 사 가지고 온 거라고 얘기하고 할머니께 먹여달라'고 부탁했다. 할머니는 당신을 환영하지 않는 세상으로 나가는 것보다 이곳에서 죽음을 맞이하시는 것이 훨씬 편할지도 모른다. 비록 환영받지 못하는 것은 이곳에서도 마찬가지라 하더라도.

그리고 이튿날 아침. 회진을 돌 때 보니 누군가 할머니의 옆에서 죽을 먹이고 있었다. 할머니의 아들이었다. 그는 아들이라고 호칭하기에는 너무 나이가 많이 들어 보였다. 그리 형편이 나아 보이지 않는 한 가족의 가장이었다. 방은 구했느냐고 물어보자, 알아보긴 했는데 환자가 온다니까 집주인들이 모두 고개를 절레절레 흔들더라고 했다. 그런 사정이 있었다는 걸 몰랐던 내가 미안해지는 순간이었다. 사레들리면 흡인성 폐렴이 오니 주의해서 드시게 하라고 당부하고 중환자실을 나왔다.

반성문

당뇨 때문에 아침 일찍
병원을 찾아와서 늘 바쁘다고 빨리 봐달라고 재촉하는
할머니가 한 분 있었다. 차례대로 기다리는 분들이 앞에
있어도 막무가내로 불쑥 진료실로 들어오시고 진료를 보
는 중에는 당뇨에 대해 이런저런 말씀을 드리려 하면 귀
찮다는 듯 빨리 가야 한다며 약 처방만 해달라고 하셨다.
나는 싫은 내색은 못하고 속으로 '참 별난 할머니네'라
고 생각만 했다. 그리고 평소보다 일찍 나온 출근길. 늘
지나오는 새벽시장에서 우연히 그 할머니가 좌판을 펴고
쪽파를 팔고 계신 것을 봤다. 반갑기는 했으나 얼핏 보니
그 당시 자취 생활하던 내가 사 먹을 만한 것이 없기도
하고 이미 다른 할머니한테서 오이를 한 바구니 사고 난

다음이라 그냥 지나쳐 왔다. 그런데 그날 진료를 하면서 자꾸 그 할머니의 좌판 생각이 났다.

그곳은 말이 새벽시장이지, 개천 주차장 한쪽 구석에 아침 햇볕이 아무런 가림막도 없이 그대로 내리쬐는 곳이었다. 아주머니, 할머니들은 각자 가져온 보따리들을 풀어놓고 재주껏 땡볕을 피해가며 야채와 채소를 팔고 있었다. 선거에 나올 때는 새벽부터 나와 악수를 청했던 정치인들이 막상 당선되고 나서는 얼굴 한번 비치는 것은 고사하고 등짝에 내리쬐는 햇볕을 막아줄 차양 하나도 설치하지 않는 곳이다. 그런 시장에서 새벽부터 야채를 파는 할머니는 우리 병원을 어떻게 오시는 걸까. 아마도 옆에 있는 할머니께 잠깐만 봐달라 사정을 하고 걸어서 족히 15분은 걸리는 그 길을 허겁지겁 찾아오셨을 거다. 그러고 나서 또 마찬가지로 급히 시장으로 돌아가셔야 했으리라. 나는 그것도 모른 채 순서를 기다리지 않는다며 왜 그렇게 각박하게 사시느냐고 속으로 손가락질한 거였다.

가정의학을 전공하다보니 아무래도 병원에 노인 환자들이 많이 찾아오시고 그중 상당수가 인근 시골에 사시는 분들이다. 자전거를 타고 출근하다 장날이나 새벽시장을 지날 때면 우리 병원에 오셨을 법한 할머니 할아버지들을 만난다. 허리가 굽으신 분, 무릎 관절염 때문에 안짱다리가 되신 분, 신호등 앞 오르막길에서 당신 몸보다 더 큰 리어카를 두고 어찌할지 몰라 하시는 분. 그분들이 그런 몸으로 병원을 찾아오시는 길을 생각하면 성의 없이 치료해서는 안 된다는 생각을 자주 했다. 하지만 진료실에 갇혀 있다보면 그런 마음을 잊어버리곤 한다. 그날 그렇게 초심을 잃어버리고 사는 나 자신을 보며 다시금 부끄러운 마음이 들었다. 사람들 사이의 관계가 구체성을 상실한 익명성의 사막으로 들어서게 된 것이야말로 이 세상이 이렇게 되어버린 결정적인 이유 중 하나라고 늘 생각해왔으면서도 나 또한 그렇게 살고 있는 셈이다.

그날 점심시간. 병원 최 선생에게 쪽파를 요리해 먹는 법을 물어봤다. 이튿날 아침 출근길에 할머니를 만나면 파를 좀 사고 또 반가운 인사도 건네야겠다고 생각하며 새벽시장을 지났다. 그런데 아무리 둘러봐도 할머니가 안 보였다. 일본 연수를 다녀오고 나서도 몇 번 다시 새벽시장 앞을 지났지만 할머니를 못 만났다. 이제는 안 나오시는 건가 싶어 마음을 반쯤 접었던 날 드디어 할머니를 만났다. 쪽파가 없어서 밤 5천 원어치와 나물 2천 원어치를 샀다. 그리고 다시 점심시간에 최 선생에게 나물을 어떻게 해 먹어야 하는지 물었다. 할머니는 아실까? 그것이 내가 할머니께 남몰래 드리는 반성문이라는 것을.

후배가 찾아왔다

의료생협에서 일한 지 2년이 될 즈음 가정의학과 의국 후배가 의료생협에서 일하고 싶다며 나를 찾아왔다. 진료 시간 간간이 짬을 내서 하는 내 설명을 골똘히 듣고 나서 후배는 우리가 계획하는 제2진료소에서 일하고 싶다는 뜻을 내비쳤다. 후배는 1~2년 정도 의료생협에서 일하고 나서 해외에 선교를 나가고 싶다고도 했다. 선교. 대학에 들어간 이후 종교적 삶을 버린 지 오래됐지만 교회에서 의료생협이 하고 있는 일을 했더라면 세상은 지금보다 훨씬 더 좋아졌을 거라는 후배의 말에는 깊이 동감했다. 후배는 수련 일정 때문에 오후에 다시 서울로 돌아갔고 남겨진 나는 새삼스레 그동안 참 쓸쓸했었다는 것을 실감했다. 한 해에도 수

천 명의 의사들이 의사면허증과 전문의 자격증을 취득하지만 그들 중 의료생협에서 일하는 의사는 아마 0.1퍼센트도 안 될 것이다. 내가 졸업한 의대 동문이나 의국 선후배 중에서는 단 한 명도 만나지 못했으니까.

가끔 의사들 모임에 가서 소개를 하면서 의료생협에서 일한다고 하면 첫 반응이 "그게 뭔데요?"인 경우가 대부분이다. 그만큼 의료생협에서 일하는 의사는 드물다. 간혹 의과대학 선후배나 동기들을 만날 기회가 있으면 일부러 의료생협에서 일하는 것에 대해 홍보할 때도 있다. 왕진 가서 좋았던 얘기나 환자들이 손수 길러 가져다주시는 채소와 과일들에 대한 얘기들…. 의료생협에서 일하는 것이 얼마나 보람 있는지를 들려주고 싶은 거지만 듣는 사람들 대부분은 시큰둥하다. 그러면 마지막 내 필살기를 꺼내 든다. "있잖아. 내 월급이…" 나와 동일한 가정의학과 전문의들이 받는 월급의 절반도 안 되는 급여를 받고 일한다는 말을 하는 순간 분위기는 반전된다. "그 월급을 받고 일해? 야, 너 대단하다!" 흥분한 어떤 동기는 이런 말도 한다. "월급을 그 정도밖에 안 줘? 그거 완전히 날강도 아니야?"

문득 주변의 공기가 바뀐 걸 느낀다. 차로 한 시간이 넘는 거리를 일부러 찾아와 통증 치료를 받으시던 노부부가 나중에 복숭아를 보내줬다는 이야기에는 무반응이었던 동문들이 (기분 탓인지도 모르지만) 갑자기 나를 존경하는 듯 바라본다. 조금은 의도한 것이긴 하지만 막상 겪게 되면 당혹스럽다. 돈이 지배하는 병원이 싫어서 시작하게 된 일에 대한 가치도 결국엔 돈으로 저울질된다. 의료생협에서 일하면서 얻은 삶의 가치보다도 그곳에서 일하면서 손해(?) 보는 돈의 가치로 의료생협의 가치가 매겨지는 것이다. 그런 일을 몇 번 겪으면서 나도 더는 입을 열지 않게 되었다. 그래도 가끔 뜻깊은 일을 한다고 응원해주던 후배들은 있었다. 하지만 그런 말을 한 후배들 중 누구도 선뜻 의료생협 일을 시작한 사람은 없었다.

　의국 후배가 찾아온 날은 병원 직원들이 건강식사회 어르신들을 모시고 태백 여행을 다녀온 날이기도 했다. 다녀온 분들이 보여주는 사진 속에는 낯익은 얼굴도 몇 분 계셨다. 모두 내 진료실에 환자로 찾아오실 때와는 다른 표정이었다. 그분들의 얼굴에 그런 맑은 미소가 숨어 있을 줄은 정말 몰랐다. 저녁에 일과가 끝난 다음, 여행을 다녀온 분들이 가져온 수박을 나누어 먹으면서 웃음꽃이 활짝 피었다. 후배가 이런 모습을 보고 갔더라면 좋았을 거라는 생각이 들었다. 그러면 후배는 우리가 하는 이 일이 어떤 뜻을 가지고 하는 일이기 이전에, 행복해서 하는 일이라는 것을 느꼈을 텐데.

　그날 오랜만에 비가 왔다. 자전거를 타고 냇가를 거슬러 오는데 말라 있던 냇물이 불어난 물로 자신을 씻어 내리고 있었다. 물결 위로 왜가리가 유유히 날아다녔다. 집에 돌아와 저녁으로 라면을 끓여 먹었다. 얼마 전에 환자분이 집에서 키운 닭이 낳은 유정란이라며 가져다주신 계란을 넣고 이사장님이 태백 여행에서 남겨 오신 김치를 곁들여 먹었다.

사라진 구멍가게

───────────────────────── 학교를 휴학하고 할 일
이 없던 때 자주 가던 카페가 있었다. 홍대 앞에 있는 작
은 북카페였는데 겨울이면 한가운데 놓인 난로를 중심으
로 네 개의 탁자에 손님들이 오손도손 모여서 책장에 꽂
혀 있는 책도 보고 잡담도 나누던 곳이었다. 어디든 한
번 들어가면 밖으로 나가는 것이 불편했던 시절의 내게
그곳은 내 갈 곳 없음의 거처이기도 했다. 한번은 그곳의
책들을 구경하다 중학교 은사님의 시를 발견하고 너무나
반갑기도 했다. 어느 겨울 오랜만에 가보니 그곳은 없어
졌고 대신 화려한 옷가게가 들어서 있었다.

　그리고 내가 다니던 대학교 앞에는 후배들과 잘 다
니던 주점이 있었다. 아들과 함께 그곳을 운영하던 아주

머니는 특히 우리 운동권(이 말의 폐쇄적 어감을 별로 좋아하진 않지만) 학생들에게 잘해주셨다. 한 후배가 군대 가던 날에는 잘 다녀오라며 아주 특별한 김치찌개를 공짜로 내주시기도 했다. 학생들이 학생증을 보관하고 외상으로 달아놓은 술값이 그 집 전세금보다 더 많다는 소문도 있었다. 어느 겨울, 거기에도 다른 가게가 들어서 있었다.

원주에 온 지 1년이 되어갈 무렵 하루 환자 수가 평균 서른 명을 넘지 못하고 있었다. 한방에서 버티지 못한다면 우리 병원도 얼마나 오래 버틸지 알 수 없었다. 의사 없이도 1년여를 버틴 곳이긴 하지만 그 관록만큼이나 부채도 쌓여 있었다. 나야 의료생협이 아니라도 어디든 갈 곳이 없을까만 양 할머니, 이 할머니, 황 할머니…. 의료보호 대상자이신 이분들은 우리 병원에 오셔서 '이런 병원이 없다'며 '다른 병원에 가보면 의료보호 대상자들은 모두 공짜로 치료받는 천덕꾸러기 신세인데 여기서는 사람대접받는다'며 반가워라 하셨다. 의료생협이 문을 닫는다면 그분들은 또 어떤 병원을 찾아 헤매야 할까.

타 지역에서 예비군 훈련을 받고 온 후 일주일 만에 다시 진료를 보는데 양 할머니가 연락을 하셨다. 만성 신장병과 치매가 있어서 항상 누워 계시는 할아버지를 돌보느라 할머니는 거의 집 밖으로 나오지 못했다. 독실한 기독교 신자인 할머니는 일주일에 한 번 교회에 갈 때만 할아버지를 이웃 아주머니께 맡겨놓는 모양이었다. 할아버지 상태를 상담하고 전화를 끊으려는데 할머니가 그러신다. "예비군 훈련 가셨다는데 잘 다녀오셨어요? 제가 원장님 훈련받느라 못 나오신다는 얘기 듣고 건강하게 잘 다녀오시라고 매일 기도드렸어요." 내가 의료생협이 아닌 다른 곳에서 근무하게 돼도 이런 얘기를 들을 수 있을까.

조합원들에게 병원 가실 일 있을 때는 꼭 의료생협을 이용하시라 말하지는 못했다. 그러기에는 사람들이 너무 바쁘게 살고 있다. 조합비를 증좌해주는 것만도 고마운데 더 가까운 병원을 두고 먼 거리의 우리 병원을 이용하시라고는 도저히 말이 떨어지지 않았다. 더군다나 내가 하는 진료가 그분들이 다른 병원에서 받을 수 있는 진료와 그렇게 현격한 차이가 있다고는 나도 생각하지 않는다. 그런데도 일부러 먼 곳에서 의료생협을 찾아오는 분들이 있었다. 무슨 심각한 질환이나 상담이 필요해서가 아니라 그저 감기 정도로도 찾아오셨다. 집 근처 개인병원에 가서도 충분히 치료받을 수 있을 텐데 그렇게 먼 길을 돌아 오시는 것이 나로서는 고맙고, 우리 병원으로 차를 타고 오는 동안 얼마나 많은 병원을 스쳐 지나오셨을까 생각하면 죄송스럽기까지 했다.

내가 의료생협에서 일하면서 지키려고 했던 가치는 무엇일까. 시시때때로 그 대답은 달라지지만 그런 분들의 마음과 그 마음을 느끼며 따뜻해지는 내 마음의 온기라고 답하고 싶다. 나는 그것을 '구멍가게의 온기'라고 생각한다. 그 북카페가 커피만 파는 게 아니었고 그 주점이 술만 팔았던 게 아니었듯이 그 관계망 안에서는 물건을 사고파는 사람들 사이의 관계가 재생산되는 인간적인 것이 있었다. 내게 남아 있는 어렸을 때 동네에 대한 아름다운 추억의 대부분은 그런 관계에 대한 추억이다. 그 관계망 안에서 우리 부모님이 장사를 하셨고 나를 여기까지 올 수 있게 하셨다. 어쩌면 이런 것들은 돈과 효율성만을 따지는 세상의 파도 앞에서 점점 사라질지도 모른다. 우리가 대형마트의 계산대 앞에서 외롭게 줄을 섰던 지난 10년 동안 14만 개의 구멍가게가 사라졌듯이.

잠이 오지 않아 글을 끄적이던 밤. 내 방에는 의료생협에서 함께 일하는 한의사 정 선생이 술에 취한 채 누워 있다. 같이 술을 마신 최 실장은 쓰던 글을 마무리하기 위해 집으로 돌아갔고 나는 술자리를 치우고 술이 약한 탓에 먼저 쓰러져버린 정 선생의 잠자리를 깔아주었다. 요즘 들어 많이 가라앉아 보였던 정 선생은 얼마 전부터 조금씩 기분이 나아지는 것 같았다. 다행이었다. 최 실장 말로는 정 선생은 학생 때 융자받은 학자금도 갚아야 해서 경제적으로 여유가 없다고 한다. 그 와중에 아는 선배로부터 의료생협 일을 접고 같이 한의원 개업을 하자는 제안을 받았다. 아마도 그로서는 충분히 갈등할 만한 매력적인 제안이었을 것이다. 최소한 수입 측면에서 볼 때 의료생협에서 일하는 액수의 두 배는 될 테니까. 그 제안이 어떻게 되었는지 나는 묻지 않았고 그는 여기 내 방에 내 베개를 베고 누워 있다. 그의 무엇이 그를 여기에 있게 한 것일까. 가족들 곁을 떠나 있어야 하고 사랑하는 사람과도 자주 볼 수 없는 이 낯선 곳에 그를 붙들어두는 것은 무엇일까. 힘들고 어려워도 지켜나가는 자신의 길이란 도대체 무엇일까. 알고 보면 누구나 한 방울의 눈물 같은 존재들. 우리가 하는 그 모든 일에는 그 눈물의 짠맛이 들어 있다. 세상이 썩지 않는 것은 그 눈물 속 소금기 때문이다. 창문 밖으로 소금 같은 별들이 듬성듬성이지만 지금 이 세상의 별들은 저 밤하늘에 있는 것이 아니라 내 창문 밖 희미한 불빛들 아래 고단한 몸짓으로 누워 있다. 그리고 그 별들 중 하나가 오늘 밤 내 방에 와서 잠들고 있다. 아침이 되면 그들은 또 이 세상의 새벽을 여는 보이지 않는 별이 될 것이다. 세상의 아침은 그렇게 오는 것 같다.

메아리

　　　　　　　　　　　　　　　　　　 ○○동 XX번지. 이제
얼마 있으면 사라질, 서 할아버지와 김 할머니의 주소지
다. 두 분은 그 철거촌에 방문 진료 가서 만나게 된 노부
부다. 이제 그곳에는 고층 아파트가 들어설 예정이다. 세
입자로 살았던 분들은 아무 대책 없이 길바닥으로 나앉
아야 하는 상황이 됐다. 거의 대부분의 집들이 포클레인
으로 뭉개진 가운데 외로운 섬처럼 남은 한쪽에 살고 계
신 노인들을 진료하고 돌아오는 저녁. 얼마 전부터 퇴근
길 대로변에 보이던 화려한 모델하우스가 그분들의 삶의
터전을 뭉개고 세워진다는 것을 그제야 알았다.

　　50년 넘게 담배를 피우셨다는 할아버지는 호흡곤란
을 호소하셨고 나는 만성 폐쇄성 폐질환을 의심하며 방

사선 촬영을 했다. 오른쪽 폐에 결절이 의심되는 병변이 보여서 의료원으로 보내드리고, 저녁 퇴근 전에 조금 걱정이 돼서 전화를 드렸다. 정밀 검사를 해보니 폐암이 나왔다고 할머니가 말씀하셨다. 많이 진행된 상태라 수술도 할 수 없다는 얘기를 듣고 그냥 집으로 왔다고 하시기에 뭐라 드릴 말씀이 없었다. 그저 혹시라도 제가 필요하시면 아무 때나 연락을 주시라는 말밖에는.

집에 돌아오는 길에 여느 때처럼 집 뒷산에 자전거를 멈추고 산의 침묵을 듣고 있는데 다시 할아버지 생각이 났다. 오늘 밤, 할아버지는 잠을 못 이루시겠구나. 수십 년을 살던 집에서 쫓겨날 위기에 처하고 숨이 차오르다 결국은 폐암. 얼마나 쓸쓸하고 또 두려우실까.

집에 와서 씻고 있는데 지민이 아빠에게서 전화가 왔다. 밤늦게 죄송하다며 지민이가 열이 안 떨어진다고 어떻게 해야 하느냐고 물었다. 지민이는 오전에 기침, 콧물로 병원에 왔었다. 진찰 후 지민이 엄마 아빠에게 합병증이 없는 단순 감기가 의심되니 약 복용은 하지 말고 지켜보자 권유했다. 약 복용 없이 지켜보는 것도 치료의 하나라는 사실에 익숙하지 않은 보호자들이 있다. 감기 증상이 있는 아이에게 약이라도 먹이지 않으면 부모 역할을 제대로 안 하고 있다 느끼기도 한다. 지민이 엄마 아빠가 불안해할 수도 있어서 혹시라도 걱정되는 증상이 생기면 전화를 달라 얘기하고 내 연락처를 알려주었다. 의사도 사람인지라 아이를 진료하다보면 부모의 마음을 닮아간다. 아이에 대한 사랑은 사랑으로, 안타까움은 안타까움으로 의사에게 옮겨오기도 하는 것이다.

　지민이의 상태를 물어보고 일단 안심을 시켜드렸다. 열을 떨어트리는 일보다는 열의 양상을 보는 것이 중요하니 해열제를 먹이지 말고 지켜보기를 권했다. 그리고 혹시라도 밤에 열이 계속 나거들랑 괜찮으니 다시 전화를 달라 얘기했다. 지민이는 엄마 아빠의 보살핌 속에서 감기와 싸우게 될 것이다. 감기야 왔다 가는 거지만 아플 때 옆에서 함께 밤을 지새워준 엄마 아빠에 대한 기억은 오래도록 아이의 삶을 지켜줄 거라고 나는 믿는다. 더 늦기 전에 다시 전화를 했더니 다행히 열이 떨어졌다고 했다.

　그리고 서 할아버지. 진료실 의자에 허리를 구부리고 앉아 계시던 그분의 눈동자를 생각하면 마음이 아득해진다. 이 어두운 밤, 저 구름과 점등하는 불빛과 어쩌면 옆에 누운 할머니조차 낯설어질지 모를 죽음이라는 두려움을 어떻게 견디고 계실까. 정말 산다는 것은 뭘까. 이렇게 행복하고 즐겁고 따뜻하고 서글픈 날, 창가에 서서 어둠 속 불빛들과 내 마음의 심연에 묻는다. 그러면 질문과 똑같은 대답이 메아리로 들리는 듯하다. 산다는 것은 행복하고 즐겁고 따뜻하고 서글픈 거라고.

병 주고 약 주는

"할머니, 약 드시는 거
있어요?" "아니, 약 먹는 거 없어." "그래요. 그럼 혈압약
도 안 드세요?" "혈압약은 먹지!" 산은 산이면서 산이
아닌 건가 싶은 이런 선문답 같은 일이 진료실에서 가끔
생긴다. 그만큼 어르신들에게는 고혈압약이 약으로 느껴
지지 않는 것이다.

한국인은 약을 참 많이 복용한다. 몇 년 전 보고에
따르면 65세 이상 노인 중 하루에 6개 이상의 약을 복용
하는 사람이 86퍼센트에 이르고 11개 이상의 약을 복용
하는 사람이 45퍼센트나 되었다. 한국인이 특별히 약을
좋아해서가 아니라 시스템이 약에 많이 노출되도록 만들
어져 있기 때문에 생긴 일이다. 약을 처방할수록 병원은

이득을 보는 구조라 나 역시 그런 갈등 속에서 진료를 보고 있다.

이렇게 약을 많이 먹는 건 아무런 문제가 없을까. 당연히 수많은 문제가 있다. 일단 위장 장애가 잘 생긴다. 이 때문에 위장약을 기본으로 처방하는 의사도 많다. 그럼 당연히 약의 개수는 더 많아진다. 악순환이나. 하루에 복용하는 약의 개수가 4개 이상인 경우 골다공증도 잘 온다. 골다공증으로 인해 고관절이 골절된 노인의 20퍼센트는 1년 이내에 사망한다. 한국보다 약을 훨씬 적게 쓰는 미국에서조차 병원 입원 환자의 3.4퍼센트는 복용하는 약 부작용으로 입원한 경우라는 보고도 있다. 그중 가장 큰 문제는 약물의 효과가 서로 엉키는 것이다. 이런 약제 상호작용은 약의 개수가 증가될수록 커져서 약을 4개 복용하는 경우엔 50퍼센트, 8개 복용하는 경우엔 90퍼센트에서 발생한다. 한국 노인 중 열에 아홉은 절대 함께 복용해서는 안 되는 약을 복용하고 있다는 보고도 있었다.

시스템은 약을 많이 처방하도록 만들어져 있지만 의사가 처방된 약을 확인할 시간은 허락되지 않는다. 병원에 온 환자들에게 타 병원에서 복용하는 약의 내용을 전부 확인하는 의사는 아마 거의 없을 것이다. 그러기엔 의

161

사들이 너무 바쁘다. 지금의 의료는 환자에게 더 무관심해질수록 더 많은 돈을 벌 수 있는 구조다. 이런 시스템의 피해는 결국 환자가 고스란히 떠안는다. 그렇다고 이런 상황에서 시스템을 탓할 수만은 없다. 시스템은 시스템대로 고치고 개인은 살아남아야 한다. 방법은 있다. 병원에서 처방을 받을 때 무조건 그 처방전을 휴대폰으로 찍어놓는 것이다. 그게 어려운 어르신들의 경우엔 처방전을 두 장 받아서 그중 한 장은 반드시 보관하고 있어야 한다. 그래서 다른 병원에 가게 되면 의사가 묻지 않아도 그 처방전을 무조건 보여줘야 한다. 그러면 최소한 의사가 알고 있는 병용 금기 약들은 피해 갈 수 있다.

몇 년 전, 건강 상담을 하러 1년에 한두 번 오시는 할아버지가 진료실을 나가면서 말씀하셨다. "그런데 내 가슴이 여자처럼 나와서 대학병원에 다녀온 적이 있어요." 다시 들어오시게 해서 확인해보니 여성형유방(gynecomastia)이었다. 이미 대학병원에서 진료를 받고 치료제(타목시펜)도 처방받은 상태였다. 그런데 이상한 점이 있었다. 남자의 가슴이 여성처럼 나오는 경우, 가장 흔한 원인 중 하나는 약물이다. 그런데 할아버지는 이전의 약들을 그대로 복용하고 있었다. 복용하는 약을 모두 가져오도록 했다. 여성형유방을 유발하는 약품 목록과

일일이 대조해보면서 원인이 될 만한 약들을 빼고 대체약을 처방했다. 시간을 보니 20분이 넘게 걸렸다. 타목시펜도 복용하지 않도록 했다. 석 달 후 할아버지는 다 좋아졌다며 환하게 웃으며 진료실로 들어왔다. 아마도 할아버지를 위한 20분 진료가 허락되지 않았을 대학병원은 약 부작용을 약으로 치료하려 했던 것 같다. 지금은 실력 없는 의사보다도 시간 없는 의사가 더 많다. 하지만 세상에는 나처럼 시간이 많은 의사도 필요하다. 시간 많은 의사가 없었다면 할아버지는 지금까지도 계속 유방암 치료제 중 하나인 타목시펜을 복용했을지도 모른다.

질문합시다

                                친구 병원에서 내시경을 받는 날. 나는 누우라는 간호사의 말에 아무 생각 없이 누웠고 친구는 전처치가 잘 되었는지 확인도 안 한 채 아무 생각 없이 내시경 관을 내 목에 넣었다. 그제야 번뜩 생각이 났다. '이런 젠장…. 리도카인을 안 뿌렸잖아!' 리도카인은 위내시경 시술 전 목에 뿌리는 마취제다. 그날 나는 목 마취도 하지 않은 채 위내시경을 받은 드문 케이스가 됐고, 덕분에 검사받는 내내 온몸을 비틀며 위내시경 관의 두께를 느껴야 했다. 세 사람이 모두 '아무 생각이 없어야' 가능한 일을, 다른 사람도 아니고 매일 내시경 검진을 수차례씩 하고 있는 내가 당한(!) 것이다. 어떻게 이런 일이 가능했을까. 왜 나는 아무 생각

없이 간호사의 지시를 믿고 따랐을까. 아마도 우리가 병원 문에 들어서는 순간, 병원이라는 컨베이어벨트 시스템의 일부가 되는 데 익숙해져 있기 때문일 것이다. 그 벨트 위에 실린 환자는 능동성이 필요하지 않다. 하라는 대로만 하면 된다. 결과에 대한 해석도 의사라는 전문가가 다 해준다. 듣고만 있으면 된다. 그렇게 환자를 수동적으로 만드는 병원일수록 환자에게 권위적이다. 진료실에 들어가면 왠지 길게 말 꺼내기도 꺼려진다. 누가 등 떠밀지도 않는데 금방 얘기를 끝내고 나가줘야 할 것만 같다.

얼마 전 가족 중에 아픈 분이 있어서 모교 대학병원에 찾아간 적이 있다. 의사인 나도 막상 교수의 진료실에 들어가면 말문이 막힌다. 제대로 묻지도 못하고 나왔다. 50만 원 넘는 검사 비용을 지출했는데 결과 설명 듣는 데는 3분이 채 안 걸렸다. 그 후에 잡힌 두 번째 면담일. 이번에는 준비를 좀 했다. 질문 리스트를 만들어 간 것이다. 다섯 개 정도의 리스트를 만들고 질문의 우선순위를 잡고 대화의 흐름을 계획했다. 체크를 해가면서 교수와 얘기했고 결과는 나름대로 만족스러웠다. 사실 그 방법은 우리 병원에 찾아오시는 환자분에게서 배운 것이다. 당뇨와 고혈압 치료를 받는 그분은 늘 내 진료실에 들어올 때 질문

리스트를 만들어 오셔서 보여주신다. 그걸 가지고 얘기를 나누다보면 진료는 지시가 아니라 대화가 된다.

사실 의사가 해당 환자의 질환에 대해서 고민하는 시간은 한 달에 한 번, 진료를 보는 3분 내외의 시간이다. 다음 내원일까지 한두 달간 약을 어떻게 복용할지는 그 3분이 결정한다. 문제는 진료실 안의 수동성이 진료실 밖으로 번져간다는 것이다. 현대의학이 환자를 다루는 방식대로 환자 자신도 스스로를 다룬다. 고혈압 환자는 자신의 질환을 의사의 시선으로 바라본다. 약이라는 쉬운 해결책이 있기에 번거롭게 혈압 측정도 하지 않는다. 병원 갈 때 한 번 재는 것보다 집에서 지속적으로 혈압을 측정하는 것이 훨씬 중요하다는 보고들이 많지만 바뀌는 것은 없다. 결국 병은 삶을 바꾸는 질문이 되지 못한 채 돈 먹는 하마가 된다. 생활 습관을 바꾸려는 노력보다 돈을 쓰는 방식으로 질환이 관리되는 것이다.

당연한 얘기지만 약을 복용하는 사람은 의사가 아니다. 그 약의 부작용을 감당하는 것도 의사가 아니다. 나를 포함한 우리는 모두 한 번쯤은 환자이거나 그 보호자가 되는 사람들이다. 병이 우리 가까이에 왔을 때 우리는, 자신에게 질문할 의무를 가지고 있듯이 의사에게 질문할 권리도 가지고 있다.

요양원 풍경

일하고 있는 병원과 연계되어 있는 요양원들이 꽤 있어서 요양원 간호팀과 자주 접촉하게 된다. 요양원에 입소했다가 상태가 안 좋아져서 입원하시는 분들도 많고, 대부분이 만성질환을 갖고 계신지라 검사 결과나 투약 때문에 서로 자주 연락을 하는 것이다. 그런데 이분들과 연락을 하다보면 돌봄은 시설이 하는 게 아니라 사람이 하는 것이라는 것을 새삼 느끼게 된다.

A 요양원은 춘천에서도 꽤 알려진 곳이고 일하는 요양보호사들도 꽤 많은 것으로 알고 있다. 홈페이지에 들어가보면 꽤 그럴듯하고 외관상으로도 다른 요양원보다 화려하고 규모가 있어 보인다. 하지만 막상 그 안을 들여

다보면 적어도 환자 돌봄의 측면에서는 문제가 많았다. 신우신염 때문에 입원했다가 퇴원한 후 다시 그곳에 입소한 할머니 한 분이 있었다. 항생제를 다시 처방하기 전에 소변 검사가 필요할 것 같아 그쪽 간호부에 연락을 했더니 대뜸 '이곳에 있는 분들은 죽을 날이 얼마 남지 않은 분들이 많은데 왜 그렇게 자꾸 검사를 하자고 하느냐. 보호자들도 그런 것을 원하지 않는다. 가급적이면 검사를 하지 말고 그냥 약만 먹게 해달라'며 짜증을 냈다. 화가 나기도 하고 서글프기도 했다. 물론 불필요한 검사를 자주 할 필요는 없겠지만 급성 질환의 경우엔 치료가 가능하고 소변 검사도 그렇게 비용이 많이 드는 검사가 아니다. 그런데도 그런 식으로 말하는 것이 너무 성의 없게 느껴졌다. 그냥 소변 받아 오기 귀찮다는 얘기로밖에 안 들렸다.

반면 정말 정성껏 환자를 돌보고 우리 병원에 환자가 입원하게 되면 늘 전화를 주면서 상태를 체크하고 상의하는 요양원도 있다. 홈페이지도 없고 조그만 규모라고는 하지만 그곳의 요양팀은 환자를 적극적으로 돌보려 하고 입원한 어르신들의 상태에 대해 늘 궁금해한다. 두 요양원의 보호자들이 원하는 것이 결코 다르지는 않을 것이다. 다만 요양원이 어떤 태도로 환자들을 대하느냐에 차이가 있을 뿐이다. 어떤 요양원에서 왔느냐에 따라 입원하는 환자들의 상태도 천지차이다. 찾아오는 이도 별로 없고 몸이 아프다면 그것이 이미 견디기 힘든 고통이겠지만 거기에, 자신을 돌봐야 할 사람들이 자신을 짐짝처럼 여긴다면 그 고통은 배가 될 것이다. 천국과 지옥은 저세상에만 있는 게 아니라 이곳 요양원에도 엄연히 존재하는 것 같다. 좋은 세상과 나쁜 세상이 따로 있는 것이 아니다. 세상은 그런 이들 때문에 조금씩 나빠지고 또 그런 이들 때문에 조금씩 좋아지는 것이다. 나 자신도 예외일 순 없을 것이다.

마음의 속도

#1

_____ 이 작은 동네에 살면
서 동네 일 때문에 이래저래 만나게 된 분들로부터 의학
적인 조언을 요청받을 때가 있다. 질문들의 대부분엔 정
답이 없다. 정답을 찾아가는 최선의 과정이 있을 뿐이다.
진료실을 찾아오는 환자들도 마찬가지였다. 내게 조언
을 구하는 분들의 눈빛에서 간혹 믿음이 느껴질 때면 의
학 지식이 짧아서 대답을 못해줄 때보다는 마음이 없어
서 대충 건성으로 대답할 때가 가장 부끄러웠다. 그 마음
이 나를 제대로 된 동네 의사로 만들어줄 거라는 것을 알
면서도.

#2

독감 접종으로 대기실에 환자들이 빼곡히 줄 서 있던 오전 시간. 혈압약을 복용하는 아저씨가 진료 상담을 끝낸 후 나가기 직전 갑자기 바지를 내리며 드레싱을 해달라고 한다. 며칠 전에 하지 정맥류 수술을 받았는데 수술 봉합 부위에 붙인 거즈를 갈아야 한다는 것이다. 봉합 부위마다 거즈를 붙여놓은 상태라서 모두 떼어내고 드레싱을 하려면 적어도 10분 이상이 필요할 것 같았다. 그래서 여기서 드레싱하긴 어려우니 수술한 외과 병원으로 가시라고 권유했다. 말은 권유였지만 아저씨 입장에서는 진료를 마다했다고 생각할 수도 있는 상황이었다. 띵동! 띵동! 접수실에서는 너무 오래 기다린 환자들이 밖에서 볼멘소리를 한다고 계속 메시지를 보내왔다. 아저씨의 드레싱까지 진행했더라면 아마 몇몇 대기 환자들은 화를 내며 그냥 집으로 돌아갔을 것이다.

저녁에 밥을 먹고 있는데 또 다른 환자분에게서 전화가 왔다. '머리가 띵하고 몸에 기운이 없어서 혈압을 재보니 160이 넘어간다'는 거였다. 걱정하는 그분을 안심시켜드리고 필요한 조치들을 설명하면서도 밥을 계속 먹었다. 얘기를 하면서도 젓가락질을 멈추지 않고 계속 입에 뭔가를 넣는 내 모습이 갑자기 너무 낯설게 느껴졌다. 진료실 밖에 밀려 있는 환자들을 생각하며 지금 내 앞에 앉아 있는 환자를 빨리 내보내고 싶은 마음, 환자가 나가자마자 다음 환자를 호명하던 모습과 입에 넣은 게 삼켜지기도 전에 허겁지겁 또 다른 음식을 욱여넣는 모습은 분명 닮아 있었다. 나는 착각하고 있었던 것 같다. 일이 끝나면 일에 실려 있던 조급한 마음도 끝날 것이라고. 하지만 그렇지 않았다. 일의 속도를 가능하게 했던 내 마음의 속도는 일이 끝난 저녁의 삶에도 지속됐다. 몸은 진료실을 나왔지만 마음은 여전히 그 안에 갇혀 있었다. 독감 접종 시즌에 환자들이 정신없이 몰릴 때는 진료실 문을 열고 들어오는 환자들이 반갑지 않아지기도 했다. 의사로서 이게 바닥일까. 바닥이란 게 예외적이고 특별한 상황에서 오는 게 아니라 이렇게 가까이 일상적으로도 올 수 있다면 이게 바닥일 것이다.

저녁을 먹고 아내와 오랜만에 루치오 바티스티의 음악을 들었다. 얼마 전에 바꾼 스피커는 내가 기억하고 있던 그의 음악과 전혀 다른 느낌을 우리에게 전해줬다. 소파가 몸을 감싸듯이 음악이 나를 포근히 감싸 안아주는 느낌이 들면서 오랜만에 행복하다 느끼는 순간, 문득 이 소리들이 내가 오늘 봤던 환자들에게서 흘러나왔다는 것을 새삼 깨달았다. 다시 강화도로 가야 하는데 약을 타야 해서 병원에 왔다는 여든의 김 할머니 주머니에서, 그리고 오전에 드레싱을 마다하고 외과로 보냈던 아저씨의 주머니에서 이 음악은 흘러나온 것이다. 그렇다고 해서 이 행복감이 사라져야 할 것은 아니지만 이 행복감이 내 안에 머무는 게 아니라 그 뿌리로 거슬러 올라간다면 어떨까. 마치 시간을 되돌리듯 그분들을 만났던 진료실 안의 그때로 되돌아가서 그분들을 다르게 대하는 사람이 된다면 덜 부끄럽지 않을까. 그러고 보니 나는 내일 다시 병원으로 출근을 한다. 내일은 좀 달라질 수 있을까. 지금의 이 행복감이 과거로 거슬러 올라갈 순 없다 하더라도 내일로 흘러가 나의 미래를 적시는 것은 가능하지 않을까.

나를 잡은 항생제

몇 달 전부터 하루 10분씩 아무도 모르게 전신운동을 하고 있다. 아내에게도 비밀이다. 이 운동에는 적절한 타이밍과 깊은 호흡, 그리고 고도의 집중력이 요구된다. 그뿐만 아니라 복근, 흉곽 근육의 리듬감 있는 연결이 핵심적으로 필요하다. 전신 근육의 힘을 쏟아부어서 어떤 고개를 순식간에 넘어야 하는 고도의 종합예술이라는 점에서 장대높이뛰기와 비슷하다고 할 수 있다. 차이가 있다면 실내에서만 할 수 있다는 점이다. 나는 매일 장대높이뛰기의 여신 이신바예바가 되어 이 운동에 대체로 성공하지만 간혹 그 고개를 넘지 못하고 나락으로 떨어질 때도 있다. 그럴 때면 식은땀이 나고 다리가 떨리며 심한 경우엔 다리에 경련이 일어나기도 한다.

　이 운동이 성공하는 데 있어 가장 중요한 것은 신호를 무시하지 않는 것이다. 마음의 준비가 안 되어 있고 충분한 수분 섭취를 통해 몸을 만들지 못했어도 상관없다. 어디에 있든 어떤 일을 하든 신호가 오면 모든 일을 접어두고 무조건 출발선에 서야 한다. 그렇지 않으면 지옥문이 열린다. 그 지옥을 몇 번 경험한 적이 있다. 밀어내기에 실패한 상황은 밀어내기를 시도하지 않았을 때보다 백 배는 힘들다. 마치 커다란 고구마를 통째로 삼켰는데 그게 식도 한가운데 떡하니 걸려 있는 것과 같다. 그 상태로 다음번까지 기다려야 한다. 누가 그걸 참을 수 있겠는가. 나도 참지 못했다. 그래서 응급실에 갔고 응급처치를 받았다. 그런데 그 응급처치란 것도 응급이 아니란 것을 그때 알았다. 약을 넣고 나서 10분 이상을 참아야 했다. 그땐 몰랐다. 내 생애 가장 긴 10분, 가장 창피한 10분이 기다리고 있다는 것을.

　관장약을 항문에 넣고 나서 병원 화장실 변기에 앉아 그 시간을 참아냈다. 마침내 해방된 얼굴로 화장실을 나왔는데 아내가 나를 보며 웃는다. "왜 웃어?" "자기 욕 잘하네. 생전 듣도 보도 못한 욕을 그렇게 잘할 줄은 몰랐네." 걱정되어 화장실 문 앞에 서 있던 아내는 그 10분

동안 고통을 참지 못하고 혼자서 허공에 대고 쌍욕을 해대는 남편을 마주한 것이다. 하지만 거의 심신미약 상태였던 나는 기억이 없었다. 고상한 토론 동아리에서 만난 아내에게 5년 차이 나는 '하늘 같은 선배'였던 나는 그날부터 아내와 격의 없는 사이가 됐다.

한번은 친구랑 밥을 먹고 있는데 갑자기 신호가 왔다. 간수에게 불려 나가는 죄수처럼 나는 밥숟가락을 놓고 바로 화장실로 향했다. 고된 변비 노동에 시달리다 돌아와서 식은땀 나는 얼굴로 다시 숟가락을 뜨는데 친구가 그런다. "야, 이게 그렇게 맛있어? 땀을 그렇게 뻘뻘 흘리며 먹게!" "그러게, 오늘따라 맛있네" 했지만 속으론 이랬다. '그래 인마, 맛있다! 맛있어 죽을 지경이다!'

변비에 걸리고 나서는 독서량도 많이 줄었다. 예전에 내게 화장실은 고즈넉하고 품위 있는 공간이었다. 책을 들고 가서 읽고 나오면 그래도 석 달에 한 권 정도는 읽었다. 지금은 책을 가지고 가질 못한다. 전쟁터 같은 화장실에서 책 읽을 여유란 없다. 전투 중에도 책을 읽었다는 체 게바라가 존경스러울 뿐이다. 물론 좋은 변화도 있다. 화장지를 쓰는 양이 극적으로 줄었다. 솔직히 얘기하면 아예 쓰지 않을 때도 있다. 녹색당 당원인 나는 가끔 지구인 모두가 나와 같은 변비에 걸렸으면 좋겠다는 저주의 기도도 해본다. 그럼 화장지 때문에 잘려나가는 나무의 절반 이상은 살아남을 것이다. 지구인의 변비가 심해질수록 지구는 분명 아름다워질 것이다. 하지만 지구에게는 조금 미안하더라도 나는 빨리 변비로부터 벗어나고 싶다.

문제는 이 변비가 자업자득이라는 데 있다. 오십이 다 되도록 변비에 걸린 적이 단 한 번도 없던 내가 변비로 고통받는 이유는 내가 나 자신에게 처방한 항생제 때문이다. 위장에 사는 헬리코박터균을 죽이기 위해, 다른 한 번은 손에 생긴 연조직염을 치료하기 위해 항생제를 먹었다. 그때마다 몇 개월씩 이렇게 지옥문이 열렸다. 처음엔 우연인 줄 알았다. 첫 번째 항생제를 함께 복용한 아내마저 그 지옥을 경험한 이후에도 반신반의했다. 왜냐하면 부작용에 대한 문헌을 찾아보니 변비에 걸릴 확률이 0.5퍼센트로 되어 있었기 때문이다. 더군다나 두 번째 먹은 항생제는 오히려 설사에 걸릴 수 있다고 약전에 쓰여 있었다. 변비라는 부작용은 아예 목록에도 없었다. 만약 다른 사람이 내가 처방한 약을 복용하고 변비 때문에 힘들다고 다시 진료실을 찾아왔다면 내가 할 얘기는 뻔했다. "약전에 찾아보니까 변비라는 부작용은 없는데… 이상하네요." 그런데 그 이상한 일이 내게 일어났다. 그것도 두 번이나. 아내 경험까지 합치면 세 번이다. 이건 좀 이상하다.

더 이상한 일은 내가 이런 부작용의 경험을 약전이나 학술지에 없다는 이유로 무시했다는 것이다. 사실 진료실 안에서 의사들이 환자들의 경험을 무시하는 일은 다반사다. 그 이유는 동일한 경험(혹은 증상)에 대해 환자들이 생각하는 원인과 의사들이 생각하는 원인이 다른 경우가 많기 때문이다. 나에게서 당뇨약을 처방받는 분이 불만 가득한 얼굴로 병원에 다시 찾아온 적이 있다. "당뇨약이 효과가 없나 봐. 이상하게 혈당이 높아요." 실제로 그날 그분의 혈당은 300mg/dL이 넘어갔다. 식후혈당이라 하더라도 180이 넘어가는 건 조절이 안 되는 거였다. "오늘 아침에 뭐 드셨어요?" "집에서 아침 먹고 사과, 포도, 배 정도 먹은 것밖에는 없는데." 환자분의 답변에 어질어질해지는 정신을 억누르며 물었다. "간식 따로 더 드신 건 없고요?" "응. 밥 먹고 꿀 좀 먹고…. 아, 그리고 소보로빵도 먹었네!" "…" 이런 일을 반복해서 겪다 보면 의사들은 환자의 경험을 수용하고 거기에서 문제를 풀어나가려 하기보다는 자신이 생각하는 진단 틀을 가지고 환자의 경험을 취사선택하게 된다. 진단에 들어맞지 않는 환자의 경험은 그래서 그냥 버려진다. 경험을 무시

한다는 것은 그 경험을 한 '사람'을 배제하는 것이고 그런 배제가 쌓여서 결국 의사는 환자들로부터 멀어지게 되는 것이지만 아직까지도 많은 의사들이 '훌륭한 의사란 환자의 경험을 잘 선별해서 버리는 의사'라고 생각하고 있다.

　당연한 얘기지만 의사도 환자로서 병원을 경험해볼 때가 있다. 진료실 안에 들어가 의사 앞에 앉아보면 얼굴 보고 말하는 의사가 별로 없다는 걸 느낀다. 의사가 환자를 마주 보지 않는 것은 마주 볼 시간이 없어서가 아니다. 마주 보면서 얻을 수 있는 정보보다 모니터의 차트와 사진을 보면서 얻을 수 있는 정보가 더 많다고 생각하기 때문이다. 3분이라는 진료 시간을 가장 효율적으로 쓰기 위해서는 환자의 얘기를 듣거나 고통에 귀를 기울이는 것보다 검사 정보를 해석하고 분석하는 일이 더 중요한 것이다. 의사의 관심은 늘 객관적인 것에 가 있다. 환자의 주관적인 증상 호소는 객관적인 것으로 수렴되는 한에서만 의미가 있다. 그 외의 정보들은 모두 유실된다. 의사는 의미가 있다고 배워온 정보들을 움켜쥔다. 모래알을 움켜쥐고 문제를 파악했다고 생각한다. 하지만 그와 동시에 수많은 모래알들이 자신의 손아귀에서 빠져나가는 것은 간과된다. 환자가 호소하는 증상을 듣기는 하지만 의미가 없는 정보일 뿐이라고 생각할 것이다. 하지만 그것이 과연 환자에게도 의미가 없을까. 환자에게 의미 있는 정보라면 분명 의사에게도 의미 있는 정보여야 할 것이다.

환자의 경험을 치유하는 것이 아니라 질병을 치료하는 것이 의사의 역할인 것은 분명하다. 열은 떨어져야 하고 기침은 줄어야 하고 산소 수치는 정상화되어야 한다. 하지만 진료실 안에서 내 건너편에 앉아 있는 사람이 환자로서만 있는 것이 아니듯 진료실 안에서 나 또한 의사로서만 있는 것은 아니다. 아픈 사람과, 그 아픈 사람에게 도움을 주고 싶은 또 한 사람이 진료실 안에 함께 있는 것이다. 그 안에서는 어쩔 수 없이 질환에 대한 치료뿐만 아니라 인간적인 상호작용이 일어날 수밖에 없다. 그리고 때론 그 상호작용이 질병을 치료하는 것보다 환자에게 더 큰 의미가 되고 그럼으로써 의사 본인도 큰 의미를 갖게 되기도 한다. 의사가 그러한 경험의 의미에 무관심할수록, 검사 결과와 수치와 모니터 속에 갇혀 있을수록 환자들은 나쁜 경험을 할 가능성이 높아진다. 상처받은 환자들은 결국 의사들에게 등을 돌릴 수밖에 없다.

최근 친구의 아버지가 돌아가셨다는 전화를 받았다. 친구의 아버지는 암 말기로 진단받고 돌아가실 때까지 대학병원에 입원해 있었다. 친구는 병원 의료진이 보인 태도 때문에 마음에 큰 상처를 입은 것 같았다. 그 상처는 어쩔 수 없이 아버지에게 입원을 설득했던 자신에 대한 책망으로 바뀌어 있었고 한 시간이 넘게 통화하는 동안 친구는 자주 울먹거렸다. 가래가 차서 숨을 헐떡이는 아버지의 가래 흡인을 부탁해도 아무런 조치를 하지 않던 간호사. 생명징후가 흔들리고 산소포화도가 90퍼센트 이하로 떨어지는 상황에서도 얼굴 한번 내비치지 않던 당직 의사. 호흡이 불규칙했던 아버지에게 다가가 청진을 해보거나 맥을 짚어주었더라면 아버지는 마지막까지 자신이 의사에게 돌봄을 받고 있다 느끼고 가셨을 것이다. 하지만 거기에 그런 의사는 단 한 사람도 없었다. 아버지가 사망하고 나서야 장의사처럼 나타나서 사망 선고를 하고 가버렸다는 전공의. 그는 결국 그런 수련 과정을 통해 무엇을 체득하게 될까. 환자에 대한 거대한 가학 집단처럼 느껴지기도 하는 병원 시스템은 그렇게 자신을 공고히 지켜줄 작은 시스템을 배양하고 있었다.

의학은 따뜻하지 않다. 온도계는 체온이 없다. 항생제에도, 산소포화도의 모니터에도 체온은 없다. 생명은 거기에, 생명을 다루는 그 기계들에 있지 않다. 부작용을 호소하는 환자 앞에서 약전만을 쳐다보며 갸우뚱하는 나와 숨을 헐떡이는 환자를 옆에 두고 모니터만 쳐다보던 전공의는 본질적으로 동일한 의사다. 살아 있는 것은 나와, 내 앞에 앉아 있는 '한 사람'이다. 그의 경험이야말로 가장 중요한 의학의 근거다. 진료 처방 지침에는 없지만 항생제를 처방하면서 그 집 변기가 막히지 않을까 걱정하고 '뚫어뻥'이라도 하나 사 가시라고 설명하는 황당한 의사가 있다면 그가 나보다 훨씬 더 나은 의사가 아닐까 싶다.

월식

달이 지구의 그림자에 가려지는 일은 경이로웠다. 개기월식을 보러 한계령에 갔다가 구름이 걷히지 않아 마음을 접고 집으로 향했다. 광치령에서 양구로 내려오는 길. 우연히 차를 돌린 곳에서 구름이 걷히면서 숲 너머로 달이 가려졌다 다시 차오르는 것을 봤다. 일순간 달빛이 거두어지자 숲은 칠흑 같은 어둠 속으로 걸어 들어갔다 다시 환해진 달빛 속으로 걸어 나왔다. 내가 살고 있는 도시는 불빛이 너무 밝아 달이 떠 있어도 비출 곳이 없다. 달빛이 필요 없는 세상보다 더 어두운 세상은 없다. 그런 생각들을 하는데 우연히 달 주변에 별똥이 떨어진다. 그리고 아주 우연히 그곳에서 나는 참지 못한 방귀를 뀌었다. 달을 보고 있던 아내가 대뜸 그런다. "우주의 신비에 몸을 맡기고 있는 나를 인체의 신비로 끌어내리는 거야?" "…"

이튿날 민서 엄마가 병원에 왔다. 임신했을 때 불러 나온 배로 마주했던 둘째가 태어나서 아장아장 걷는 걸 보면 신기하기도 하다. 둘째의 영유아 검진을 하고 나가면서 민서 엄마는 잼 꾸러미를 가만히 내미셨다. "이제는 병원에 못 올 것 같아요. 춘천을 떠나게 됐어요. 민서가 서울에서 병원 다닐 땐 약도 많이 처방받고 심할 때는 2, 3개월씩 항생제를 먹을 때도 있었어요. 근데 여기서 진료받으면서는 거의 약을 안 먹고도 잘 지냈어요. 원장님 덕분이에요. 2년 동안 너무나 고마웠어요." 왜 그랬을까. 그냥 고마운 게 아니라 뭉클한 마음이 뭉게구름처럼 차올라 너무나 큰 위로가 되었다.

퇴근하고 집에 와서 습관처럼 우편함을 열었는데 낯선 편지 한 장이 들어 있었다. 겉봉투에 진 할아버지의 성함이 쓰여 있었다. '집이 병원에서 멀어서 대학병원 다녀오신 결과지를 우편으로 보내신 건가.' 전에 내게 주소를 물으시길래 별 뜻 없이 알려드렸던 기억이 스쳐 지나갔다. 열어보니 뜻밖에도 귀한 한지 위에 붓글씨로 쓴 편지가 들어 있었다. 지난 1년 동안 부부를 잘 치료해줘서 고맙다고 하셨다. 내가 한 일에 비해 너무 큰 선물을 받아 죄송스러웠다. 아내와 함께 편지를 읽으며 표구를 해서 오래 보관하기로 했다.

저녁 식사 후 재미 삼아 스피커 위치를 옮겨보고 기념 삼아 솔라리스의 음악을 들었다. 행복한 시간이었다. 음악을 듣고 나면 내 손에 무엇이 남을까? 아무것도 남아 있지 않다. 음악은 내 고막을 흔들고는 공기 중으로 사라진다. 내 손에 쥐어지는 것은 아무것도 없다. 그러나 음악은 사라지는 행복이다. 나는 그 어떤 실물화된 선물보다 음악이라는, 사라지는 선물이 귀하다. 그것은 사라지고 난 뒤에도 나를 행복하게 한다. 내가 들은 음악들이 모두 방 안에 쌓여 있다면 그것만큼 숨 막히고 끔찍한 것도 없을 것이다. 음악의 가치는 만질 수도 없고 볼 수도 없다는 것, 그냥 사라지는 아름다움이라는 것에 있다. 어떤 일의 가치라는 것도 마찬가지다. 가장 중요한 것은 그 일이 지나가고 난 다음에 내 손아귀에 무엇을 남겼는가가 아니라 내 마음속에 무엇이 남아 있는가이다. 손아귀에 있다고 생각되었던 것도 실은 결국 모두 사라지는 것들이다. 설사 그것들이 그대로 남는다 하더라도 무엇보다 나 자신이 사라지는 존재가 아니던가. 남는 것은 아무것도 없다. 나만 아는 마음만이 향기처럼 남을 뿐이다.

민서 엄마가 떠나가듯 진 할아버지 내외분도, 그리

고 멀리 보면 아내와 나도 언젠가 어떤 이유로든 헤어지고 떠나갈 것이다. 이 지상에 낯선 타인으로 와서 우리가 주고받은 것들은 아마 흔적조차 남지 않을 것이다. 이 모든 순간은 분명 빛이 바래고 사라질 것이다. 어쩌면 그래서, 영원하지 못하기에 아름답고 사라지기에 소중하다. 영원히 꺼지지 않는 불빛 아래에서는 아무것도 찾을 필요가 없다. 하지만 언젠가는 꺼질 삶의 불빛이기에 우린 무언가를 열심히 찾아 나선다. 그런 생각이 들 때면 이 만남에 끝이 있고 '톡!' 별똥별이 떨어지는 그 순간이 내게 남아 있는 생애라는 것이 고맙기도 하다. 그러다가도 소파에 앉아 음악을 듣다 내 어깨에 기대어 졸고 있는 아내를 볼 때 나는 이 반짝거리는 순간들이 또 서글퍼지기도 한다. 달을 가리던 그림자도 감추지 못하는 삶의 반짝거림이 내 마음속을 환하게 비춘 순간이었다.

사람을 사람답게 만드는 사람들

"돌아가신 할아버지가 선생님 얘기를 참 많이 하셨는데…. 정말 선생님을 좋아하셨어요." 천식이 갑자기 악화되어 오신 할머니가 진료 중에 하신 말씀이다. 춘천에 와서 처음 근무했던 병원에서 오 할아버지를 처음 만났다. 그 이후 내가 병원을 옮기고 나서도 할아버지는 나를 따라오셨다. 중풍 때문에 거동이 불편하셨지만 늘 할머니 부축을 받고 우리 병원을 찾아오셨다. 할아버지는 신장 결석 치료 중에 합병증이 생겨 대학병원에서 돌아가셨다. 천식이 있는 데다 숨까지 차오른 상태에서도 "지금도 보고 싶어요" 하시는 할머니의 목소리가 가늘게 떨렸다.

동네의원에서 일을 하다보면 거리나 마트에서 환자

분들을 뵐 때가 자주 있다. 그분들이 나를 볼 때 속으로 욕을 하지만 않아도 의사로서 실패한 것은 아니라고 생각하며 산다. 실제로 지금 살고 있는 집을 소개한 부동산을 지나칠 때마다 나는 속으로 그런다. "나쁜 놈들." 그러다 가끔 이런 환자분들을 만난다. 괜한 겸손이 아니라 누가 뭐라 한들 내가 어떤 종류의 의사인지는 스스로 잘 알기 때문에 이런 말씀을 들을 때 정말 죄송스럽다. 매달 꼬박꼬박 약 타러 오던 할아버지가 몇 달 안 보이셔서 무슨 일이 생긴 건가 싶다가 돌아가셨다는 소식을 들었을 때도 안타까워만 했을 뿐, 무슨 바쁜 일이 있었던 것도 아닌데 문상을 가지 않았다. 그리고 오늘도 할아버지가 보고 싶다는 할머니에게 위로의 말씀도 제대로 건네지 못했다.

산소포화도가 93퍼센트대로 떨어진 채 숨차 하시면서도 작은 키로 나를 올려다보며 할아버지가 보고 싶다던 할머니의 얼굴. 그래서일까. 커다란 돋보기안경에 동그란 눈을 하고 진료실로 들어오시던 할아버지의 얼굴이 생각난다. 급할 때 전화주셔도 된다고 말씀드리며 핸드폰 번호를 알려드렸더니 정작 중요한 일에는 전화를 안 하시고 병원 가는 날에 내가 진료하는지 확인하는 전화만 하셨던 일. 늘 "저는 박사 아니에요, 어르신" 하고 말

씀드려도 "양 박사님"이라고 호칭하셔서 나를 쑥스럽게
했던 일. 검은 비닐봉지에 장아찌를 가득 담가 오셔서 나
에게 주셨던 일. 그런 사소한 일들이 생각나면서 한 달에
한두 번 고작 5분 10분 만나는 시간 속에서도 사람의 마
음이 싹트는 일이 왠지 겸허하게 다가온다. 나중에 할머
니가 다시 오시면 할아버지 모신 곳이 어딘지 여쭤보고
한 번이라도 시간을 내서 찾아뵈어야겠다. 의사를 의사
답게 만드는 환자들이 있다. 사람을 사람답게 만드는 사
람이 있다.

내가 할 수 있는 작은 일

#1

_____ 민찬 씨(가명)는 뇌수막종 수술을 받고 인공호흡기를 달고 신경외과 중환자실에 있는 환자다. 수술 도중 출혈이 너무 심해서 온몸의 피를 수혈받은 피로 거의 바꿨다. 밤 10시. 동맥혈 채취를 한 후 지혈을 위해 그의 손목을 누르고 있었다. 혈소판 수치가 워낙에 낮은 환자라 다른 환자보다 더 오래 지혈을 해야 했다. 그러다가 왠지 그의 손을 잡아주고 싶었다. 수술하기 전, 몸속에서는 종양이 자라고 있었지만 겉으로는 건강한 상태에 있을 때 얼굴을 본 기억 때문인지 아니면 중환자실 면회 시간에 멀찍이서 바라봤던 여동생의 지극한 정성 때문인지 그냥 그의 손목이 너무나 가늘

어 보였다.

내가 그의 손을 잡고 잠시 후. 인공호흡기에 의지해 숨을 쉬면서 하루 종일 천장만 멍하니 바라보던 그가 문득 내 손을 꽉 잡았다. 그렇게 10여 분이 넘어갔고 이미 지혈하기에는 충분한 시간이 지났지만 그의 손을 뿌리치지 못해 그냥 그렇게 침대 옆에 서 있었다. 옆에서 일하는 간호사 선생님들이 지켜보고 있는 게 멋쩍어서 수액이며 여러 장비들을 살피는 척하면서.

#2

현 할머니가 요즘 자주 오신다. 할머니는 체중이 많이 나가고 무릎 관절이 안 좋아서 뒤뚱거리는 자세로 걷는다. 택시를 타고 오는 게 나을 텐데 오늘은 버스를 타고 왔다고 흐뭇해하셨다. "정 아파서 못 견딜 때는 택시라도 타고 오는데 오늘은 그냥 참고 왔어." 기다리는 데 족히 1시간이 걸리기도 한다는 그 버스를 타고 이 빗속에 오신 것이다. 대상포진을 앓고 난 후유증으로 옆구리 부위가 계속 쑤시고 저리며 요즘 들어 기운도 없고 피곤하니 영양제라도 좀 맞고 싶다고 하신다. 어쩌면 며느리 몰래 만나는 어린 손녀가 발길이 뜸해진 것인지도 모르겠다.

무릎 관절도 아프다 하셔서 관절 주변부에 주사를

놓아드리고 비타민을 섞은 수액을 달아드렸다. 500밀리리터짜리 수액을 다 맞으려면 2시간 가까이 걸리는데 침대 4개가 놓여 있는 치료실에는 하다못해 TV도 없었다. 이럴 때를 대비해서 집에서 가져온 스피커를 컴퓨터에 연결했다. "어머니, 뽕짝 좋아하세요? 제가 틀어드릴게요." 부모님이 모두 〈전국노래자랑〉의 팬인지라 당연히 비슷한 연배의 할머니도 좋아하리라 생각하고 여쭤봤는데 당신은 뽕짝은 싫다며 조용한 노래를 틀어달라 하셨다. 조지 윈스턴의 음악을 틀어드렸더니 다행히 마음에 들어 하셨다.

퇴근길. 부슬비가 오는데 개천가에서 아버지와 딸이 전동휠체어를 함께 타고 가며 산책을 하고 있었다. 아버지는 휠체어를 운전하고 딸은 아버지의 무릎에 앉아 우산을 받쳐준다. 이 세상에 사람이 있어 아름다운 풍경들. 그런 세상을 위해 내가 할 수 있는 작은 일들이 아직은 있다.

10분

달이 하얗게 떠 있는 아침. 겨울 산에 또 오른다. 12월. 아직 몇몇 단풍나무들은 여전히 가을을 붙들고 있지만 대부분의 이파리들은 수북이 떨어져 뿌리를 따듯하게 덮어주고 있다. 산에는 차돌 같은 나무줄기들이 단단한 모습을 드러내고 있었다. 출근시간보다 조금 일찍 집을 나와 산으로 들어가는 10여 분의 시간은 하루 중 거의 유일하게 나 자신 속으로 들어가는 시간이면서 나를 잊어버리는 시간이기도 하다. 나무와 구름과 하늘과 산과 이 모든 것을 감싸는 빛을 보고 있노라면 한순간 나를 하얗게 잊어버린다. 그러다 가끔 산 아래 마을 사람들을 떠올리고 그 속에서의 내 모습을 생각한다.

새롭게 시작한 가정의학과 의국일. 나와 같은 일을 하는 어떤 동기는 아래 연차들에겐 엄하면서도 서로 도와야 할 일에서는 은근히 손을 뺀다. 같은 일을 경험할 수밖에 없는 동기이기에 연대감이 들면서도 그런 모습을 볼 때면 얄미워지기도 한다. 하지만 팍팍한 의국 생활에서 마음 따뜻해지는 찰나가 없는 건 아니다. 예를 들면 김 선생이 들려준 이야기. 우리 과에 파견 온 인턴 선생님들의 송별회가 있었다. 우리 과는 파견 온 인턴 선생들에게 수고했다는 의미로 원하는 음악 CD를 선물한다. 내 옆자리에 앉은 인턴 김 선생에게 어떤 CD를 선택했냐고 물었다. 대부분은 유명한 팝가수나 아이돌 음반을 선택하는데 아이들 동요라고 한다. 의외였다. 포장을 뜯어보니 정말 4장짜리 동요 CD가 들어 있었다. 문화적인 오지랖이 넓은 나는 백창우의 노래창고에서 발간한 동요집을 아느냐고 물었다. 동요집 중에서 내가 가장 좋아하는 음반이었다. 김 선생은 집에 백창우 CD가 6장 정도 있다고 했다. 자신도 좋아하고 실은 9개월 된 딸도 태교를 백창우의 노래로 했다고….

그렇게 얘기를 풀어가다 그의 개인사를 듣게 되었다. 나보다 세 살 위인 그는 고등학교를 졸업하고 상당 기간 동안 웨이터 생활을 했다고 한다. 지금의 아내도 웨이터 생활을 하던 중에 만났다. 학생운동을 하다 수배가 떨어진 아내가 피신차 호프집에 취직한 게 계기가 됐다. 아내는 아이를 낳을 때 지독한 난산을 겪었다고 한다. 아내와 같이 살면서 평소에는 그 소중함을 실감하지 못했었는데 아이를 낳을 때 사경을 헤매는 걸 겪으면서 사랑하는 사람을 잃는다는 게 어떤 심정인지 그때 처음 알게 되었다고 했다. 종교인이 아니었지만 하느님께 제발 살려만 달라고 빌었다. 다행히 그 기도가 이루어져 아내는 살았지만 딸아이는 상태가 좋지 않았다. 결국 딸은 신생아 중환자실에 몇 주간 입원해야 했고 인큐베이터 안에서 지내야 했다. 처음 면회하러 들어갔을 때 인큐베이터 안에 있는 딸을 보고 건드리기만 해도 잘못될까 봐 두렵고 조심스러웠다 한다. 가만히 눈으로만 어루만지던 김 선생은 딸에게 백창우의 〈나무〉란 노래를 나지막이 불러주었다. 난 그 얘기를 하던 김 선생의 눈빛을 지금도 기억한다. 그 눈빛 속에는 하얀 중환자실과 인큐베이터가 있고 그 안에서 숨을 몰아쉬는 아이와 그 아이를 바라보는 아비가 보였다. 아비가 불러주는 노래가 그 안에서 조용히 퍼져나가고 있었다.

그리고 독거노인 방문 진료 때문에 만났던 임 할머니. 관절염으로 무릎이 굳어져 엉덩이를 바닥에 대야만 거동할 수 있는 할머니는 몇 년간을 갇혀 사는 단칸방 안 장롱 위에 화분을 키우고 있었다. 장롱 위는 그 비좁은 방 안에서 햇빛이 드는 유일한 위치였다. "나는 애들이 좋아. 자식 없는 내겐 자식 같은 애들이야." 할머니가 화분들을 보면서 하는 말씀이었다. 양쪽 무릎을 펼 수 없는 할머니는 높은 장롱 위에 올라가기 위해 밑에 의자를 대고 어찌어찌해서 또 그 위에 엉덩이를 올려 화분에 겨우 물을 준다고 했다. 위태로워 보이는 그 일을 자식 같은 화분을 키우기 위해 매일 하고 있었다.

10분 동안 화나고 따듯하고 안타깝기도 한 일들을 떠올리다 결국 그 모든 것을 감싸는 연민의 마음에 한순간 젖어들기도 한다. 그 10분이 있기에 나는 아직 세상 속에서 나를 잃어버리지 않고 내 안에서 세상을 지우지도 않고 살아갈 수 있었다. 더 나이를 먹고 그 세월만큼 세상의 슬픔을 느끼고 살게 된다면 내면에 나만의 암자를 갖게 될 것이다. 아직 그런 기회를 갖지 못한 나는 오늘도 산에 들어간다. 거기엔 아직 내 마음속에 마련하지 못한 작은 암자가 산의 모양을 하고 있다.

내 몸이 아플 때

몸이 아플 때 나는 저절로 좋은 사람이 된다. 그때서야 간절히 스스로를 돌아보기 때문일 것이다. 몸의 고통은 나를 삶의 어두운 곳으로 인도한다. 그 껌껌한 지하에 들어가서야 나는 대낮의 삶에서는 구분되지 않았던, 내 주변에 스스로 빛을 발하며 반짝이는 존재들이 어떤 것이었는지 알게 된다. 그제야 나는 아침에 일어나 옆에 누워 있는 아내의 얼굴에 내 얼굴을 비벼보게 되고 한동안 연락이 뜸했던 친구에게 전화를 걸어보게 된다. 몸이 아프다는 것은 그래서 삶이 내 눈앞에 펼쳐놓은 일기장 같은 것이다. 일기와 반성은 우리를 행복으로 이끌어주지만 행복은 우리를 반성으로 이끌어주지 못한다. 즐거움에는 반성이 없다. 그래서 지

성이 없다. 그래서일까. 아픔이 찾아올 때 맨 먼저는 이
아픔 속에서 내가 뿌리 뽑히지 않기를 간절히 바라지만
그다음으로 생각한다. 어쩌면 나는 또 여기서 자라겠구
나 하고.

3

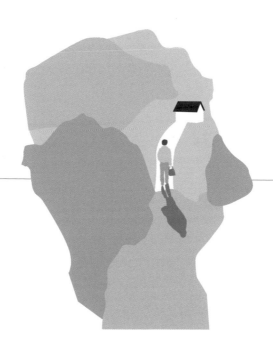

우리를 마중하는 세계

무통 사회

"하도 허리가 아파서 단 30분이라도 안 아팠으면 죽어도 원이 없겠어." 왕진 가서 만난 임 할머니가 허리 통증 주사를 맞으면서 하신 얘기다. 할아버지가 병원에 입원하신 후 간병비 마련을 위해서도 몸을 쉴 틈이 없었다. 체중도 5킬로그램이나 빠졌다. 왕진을 갔을 때도 밭에서 일하고 계신 할머니를 찾아가야 했다. 주사를 맞고 나면 얼마 동안은 수월하겠지만 아마도 할머니의 허리는 계속 나빠질 것이다. 일을 쉴 수 없는 삶이 있기 때문이다. 시골에 왕진을 가보면 허리 통증 못지않게 무릎 관절증을 호소하는 어르신들도 많다. 치료가 어렵지만 특효약이 없는 건 아니다. 관절강 내 스테로이드 주사가 있다. 소위 '뼈주사'라고 하는 거다. 이 주사를 맞은 분들은 단 며칠 만에 통증이 없어지는 신기한 경험을 한다. 하지만 장기적으로는 관절염을 악화시킬 가능성이 높다. 약 자체가 관절에 미치는 작용 때문이기도 하고 통증이 없어진 게 원인이 되기도 한다. 통증 때문에 안 썼던 무릎을 통증이 없어지면서 더 많이 쓰게 되기 때문이다. 근골격계 통증은 기존의 생활습관을 바꾸라는 몸의 신호인 경우가 많다. 무릎 관절염에 대한 '뼈주사'의 악영향은 통증이 사라지거나 무시되었을 때 어떤 일이 벌어지는지를 보여주는 단적인 예다.

미국 대선의 대혼란 이후 미국 내에서는 미국 민주주의가 위기라는 탄식이 계속된다고 한다. 뉴욕의 기자들에게는 미국 민주주의의 위기가 '지금' 왔는지 모르겠지만 나와 같은 외부자들이 보기에 그들의 위기는 '이미' 왔었다. 당사자들만 모르고 있었을 뿐이다. 민주주의는 흐르는 물과 같아서 늘 새로운 혁신이 필요하다. 그러나 미국은 오래전부터 자신을 새롭게 할 힘을 잃었다. 체제를 새롭게 할 힘은 사회적 고통에서 나온다. 미국 사회는 고통은 만연하나 그 고통의 언어를 정치의 언어로 바꾸어 체제를 재구성할 새로운 정치가 없다. 흑인들이 길거리에서 경찰 폭력에 의해 쓰러져도, 전 세계 코로나 확진자 5명 중 1명이 미국에서 발생해도 아무런 변화가 없다.

뜨거운 물에 손이 닿았을 때 통증은 곧바로 대뇌로 전달되어 내 손을 보호하는 동작을 취하게 된다. 통증은 있지만 대뇌가 아무것도 느끼질 못해 아무런 행동의 변화가 없다면 그건 아픈 사람이다. 민주주의란 바로 그 신경회로와 같다. 미국은 그 신경 통로가 끊어진 아픈 사회다. 고통이 자신의 정치적 목소리를 갖지 못하고 유령처럼 배회할 때 무기력은 안개처럼 한 사회를 뒤덮는다. 그것은 결국 사람들에게 각자도생의 깨달음을 준다. 열일곱 살 고등학생들이 자신의 친구들을 총으로 무차별 살해해도 외부의 적으로부터 자신을 보호하기 위한 총기 소유가 유지되는 미국은 아무런 변화가 일어나지 않는 무기력한 사회다.

무통 주사라는 게 있다. 주로 외과 영역에서 사용되는 이 주사는 통증을 없애는 주사가 아니다. 그 통증이 대뇌에 전달되는 경로를 차단하는 주사다. 마찬가지로 '무통 사회'는 통증이 없는 사회가 아니라(그런 사회가 어디에 있겠는가) 사회적 통증들이 한 사회를 건강한 사회로 이끄는 길이 차단된 사회다. 사회적 고통에 대한 태도는 그 사회의 민주주의를 보여주는 지표다. 아픈 사람은 아픈 곳을 가장 먼저 신경 쓴다. 허리 통증이 있는 사람은 움직일 때 허리에 온 신경이 가 있다. 사회도 동일하다.

사회가 움직이며 변화의 방향을 정할 때 그 사회의 가장 아픈 곳을 최우선적으로 생각해야 한다. 그래야 한 사회의 건강성을 회복할 수 있기 때문이다. 고통이 길을 잃은 사회에서는 희망도 길을 잃는다. 그 증거를 지난 한 달간 봐왔다. 바로 미국이라는 무통 사회를.

지난 10년간 내가 겪은 사회적 고통 중 가장 힘들었던 것은 세월호다. 누구라도 그럴 것이다. 생때같은 아이들이 죽었고 시신을 수습했던 잠수사는 트라우마에 시달리다 생을 마감했다. 생존자 김성묵 씨는 최근 목숨을 걸고 단식하다 48일 만에 병원으로 실려 갔다. 어떤 삶을 살아도 그 죽음 밑에 깔려 있는 삶이었고 내가 아무리 떳떳하게 산다 해도 그 죽음 앞에서는 부끄러운 삶이었다. 그 고통은 청와대에 들어가기 직전까지도 세월호 배지를 달았던 사람을 대통령으로 만들었다. 하지만 침몰의 원인을 밝히기 위한 세월호법은 지금까지도 국회에 묶여 있다. 유가족들은 '문재인 대통령의 약속을 기다리는 것보다 박근혜 정부와 싸우던 때가 마음이 더 편했다'고까지 얘기한다. 무통 사회는 지금 여기에 있다. 코로나에 갇혀 살아도 괜찮다. 부동산 폭등에 힘들어도 참겠다. 제발 세월호만은 해결해주기를 바란다.

운이 좋다면 노인이 된다

'3, · 8, · 12, · 4, 9'
'5,·11,·4,·9,2'. 달력의 큼지막한 날짜 앞에는 알 수 없
는 숫자가 깨알처럼 쓰여 있었다. 30년 넘게 당뇨를 앓
아오신 김 할아버지는 콩팥 기능도 거의 남아 있지 않았
고 하지 마비 상태였다. 여든이 넘으신 할머니 혼자 할아
버지 병 수발을 몇 년째 해오고 계셨다. 임대아파트에 두
분만 덩그러니 살고 계셨다. "할머니, 달력의 저 숫자가
무슨 뜻이에요?" "할아버지 그린비아 드신 시간이요."
그린비아는 밥을 넘기지 못하는 할아버지에게 드리는 캔
으로 된 유동식이다. "그럼 숫자 앞의 점은 뭐예요?" "그
때 혈당 쟀다는 표시요."

　몇 년 전 의료생협에 근무할 무렵 왕진 갔을 때의 모

습이다. 환자의 상태를 보면 가족이 어떻게 돌보고 있는지는 굳이 물어보지 않아도 알 수 있다. 그 기나긴 세월을 와병 상태로 계셨지만 김 할아버지는 욕창이 거의 없었다. 할머니는 하루 다섯 번씩 꼬박꼬박 할아버지의 식사를 챙기고 혈당을 체크하고 혹시라도 잊어버릴까 봐 매일매일 달력에 그 시간을 표시했던 것이다.

두 분처럼, '운이 좋다면' 우리는 모두 노인이 된다. 그것은 곧 우리 중 다수가 생의 막바지엔 김 할아버지와 같은 상황에 처하게 될 수도 있다는 뜻이다. 나이가 들수록 삶은 좁아진다. 몸의 기능이 떨어져서 운전도 포기해야 하고 청력도 떨어져 자전거나 차가 등 뒤에서 다가와도 모를 수 있다. 젊을 때의 활동, 등산이나 운동은 점점 불가능해지고 새로운 취미나 모임도 어려워진다. 배우자든 자식이든 친구든 내가 이전의 삶에서 맺은 관계의 힘에 더욱 깊이 의존하면서 늙어갈 수밖에 없다. 그러니 늙어가면서 필요한 게 지팡이만은 아닌 것이다. 큰 바다를 건너는 철새들이 무리지어 이동하듯이 노년이란 기간을 건너갈 때 우리에겐 길동무가 필요하다. 하지만 아직 한국 사회는 길동무를 허락하지 않는다. 가장 가까이 있어야 할 자식들만 봐도 그렇다. 왕진을 다니면서 만난 어르신의 수가 수백 명이 되어가는 동안 자식이 없는 사람은 별로 보지 못했다. 서울에 중국에 미국에 몽골에, 그리고 대부분은 가까운 시내에 자식들이 살고 있었다. 자식이 없어서 그리 지내는 어르신은 거의 없었다.

　왕진을 간다는 것은 누군가의 집 안으로 들어가는 것이고 그곳에 앉아 그의 삶을 들여다보는 일이기도 하다. 감춰진 행복보다는 숨겨진 불행을 마주하는 일이 더 흔했다. 나도 저렇게 늙어가면 좋겠다 싶을 만큼 행복해 보이는 분도 많았지만 내가 저런 상황에 놓이지 않아 다행이다 싶을 정도로 불행한 분도 많다. 노년의 대책 없음과 외로움과 비참을 마주하기도 하는 것이다. 그럴 때는 내 삶이 노년의 모습으로, 마지막 모습으로 평가받지 않기를 기도하기도 했다. 자식들도 사정이 있을 것이다. 자신의 아버지 어머니가 이런 모습으로 살아가는 것을 사연 없이 그냥 둘 사람은 없다. 그리 믿는다. 누구도 원하지 않았지만 결국 이런 모습이 이렇게 많다는 건 우리 중 누구도 '나는 그렇게 되지 않는다'고 자신할 수 없다는 뜻이기도 하다. 삶의 소용돌이에 휘말리다보면 어디로 나가떨어질지 알 수 없다.

　물론 주변을 돌아보면 우리를 안심시키는 수많은 시스템이 있다. 요양병원도 있고 수많은 돌봄 서비스도 있다. 하지만 어떤 요양원도 집을 대신하지 못하며 어떤 요양보호사도 가족의 보살핌을 대신해줄 수는 없을 것이다. 그럼에도 지금 대부분은 집에서 가족의 보살핌 속에 죽지 못한다. 이유가 뭘까? 가장 중요한 건 의사가 환자를 찾아가는 시스템이 없기 때문이다. 하반신이 마비인 사람과 두 다리가 멀쩡한 사람이 만나야 한다. 누가 누구를 찾아가야 할까. 지금의 시스템은 두 다리가 멀쩡한 사람(의사)은 의자에 앉아 기다리고 하지 마비인 사람이 휠체어를 타고라도 그를 만나러 가야 한다. 이 시스템이 정상일까? 거칠게 얘기하면 두 가지가 필요하다.

첫째로는 의사들의 왕진이 제도화되어야 한다. 2019년 시작된 왕진시범사업은 대다수의 의사들에겐 별로 매력적이지 않다. 왕진은 대부분 이동 시간까지 포함하면 최소 한 시간 이상 소요된다. 1회 왕진으로 벌 수 있는 수익은 동일한 시간 동안 진료실에서 벌 수 있는 것에 비해 적다. 강원도의 경우 왕진시범사업에 참여한 병원은 단 세 곳뿐이다. 현재의 왕진 수가가 그대로 유지된다면 왕진에 참여하는 의사는 소수로 제한될 것이다. 하지만 왕진 수가를 높이는 것만으로는 문제가 해결되지 않는다. 수가를 현실화하는 것도 필요하지만 그보다 중요한 것은 왕진의 주체가 민간의료가 아니라 공공의료 영역으로 바뀌는 것이다. 공공의료 안에 방문 진료를 전

담할 센터를 만들고 전문 인력을 양성해야 한다. 동네 의원들이 왕진에 참여하도록 하는 정책은 물론 필요하지만 동네 의사의 우연적이고 개별적인 선택에 왕진을 맡겨놓는다면 통합적인 노인돌봄서비스는 거의 불가능에 가깝다. 당장 내가 살고 있는 지역만 해도 왕진을 가는 병원은 내가 일하는 센터를 제외하면 한 군데도 없다. 인구 30만의 돌봄 수요를 의사 한 명이 감당하는 일은 불가능하고 이마저도 없는 곳이 수두룩하다.

둘째는 노인들이 정치세력화되어야 한다. 노동자에게 노동조합이 있듯이 노인의 이익과 정책을 추진할 수 있는 정치세력을 노인들 스스로 만들어야 한다. 필요한 것은 선거 때만 대접받는 어르신 경로당이 아니라 노인들의 일상적인 요구를 정치화할 수 있는 어르신 정당이다. 너무 황당한가. 하지만 이 황당한 얘기가 이루어지지 않는다면 우린 결국 대부분 시설에서 죽게 될 것이다.

사랑을 대신할 것은 없는 걸까? 그때 왕진을 다녀오고 몇 달 후 김 할아버지가 돌아가셨다는 소식을 들었다. 할머니의 건강에 중대한 문제가 생기면서 대학병원에 장기간 입원해야 했고, 돌봐드릴 사람이 없던 할아버지는 결국 요양원에 입소해야 했다. 집과 할머니의 손을 떠났던 할아버지는 입소한 지 몇 주 만엔가 욕창을 심하게 앓다가 돌아가셨다.

간병을 거부할 자유

#1

                "어! 이분이 아버님 아니세요?" "맞아요." 내가 가리킨 사진 속에는 노무현 대통령 부부와 함께 정장 차림을 한 분들이 나란히 앉아 있었다. 그중 한 분이 내 앞에 앉아 계신 윤 할아버지였다. 사진 옆에는 '5·18 광주 민주화 운동에 참가하여'로 시작되는 대통령의 표창장도 걸려 있었다. 왕진 가서 뵌 윤 할아버지의 사모님은 중풍으로 거동이 많이 불편하고 발음도 또렷하지 않았다. 독재정권의 폭압에 총탄을 맞아가며 맨몸으로 맞섰던 분도 아내의 병을 막지는 못했다. 할아버지 댁은 춘천 시내에서도 차로 한 시간 넘게 걸리는 거리였다. 주변에 마트도 식당도 없기 때문에 세

끼 식사를 모두 집에서 해결해야 하는데 그 일을 모두 할아버지가 하고 계셨다. 할머니를 서울의 대학병원과 시내 큰 병원으로 모시고 가는 것도, 뇌신경 증상 때문에 밤잠을 설치는 할머니를 간병하는 것도 모두 할아버지의 몫이었다. "옆에서 계속 돌봐줘야 해서 나도 몇 달간 잠을 못 잤어요. 이러다간 내가 먼저 쓰러지게 생겼어." 할아버지는 간병의 어려움을 이렇게 호소했다.

윤 할아버지가 기억에 남았던 것은 사진 때문이기도 했지만 그보다는 돌봄 노동을 하는 사람이 남성이라는 특이점 때문이었다. 시골에 왕진을 가보면 부부 중 한 분이 몸이 불편해서 다른 분이 간병을 하는 것을 가끔 본다. 윤 할아버지처럼 남성이 간병을 하는 경우는 내가 왕진 간 가정에서는 유일했다. 아픈 사람은 대부분 남성이고 간병 노동을 하는 분은 대부분 여성이다.

"남편이 팔십 넘어서 죽었는데 그때까지 라면 한번 끓인 적이 없어. 암 때문에 2년 반을 병원 따라다니고 대소변 받아내면서 간병했는데 돌아가실 때 나를 보면서 막 울어. 애들 있는 데서 왜 우냐니까 내가 불쌍해서 그렇대." 허리통증 주사를 맞은 후 누워서 쉬는 동안에 송 할머니는 이렇게 살아오신 얘기를 했다. 시집 온 첫날 밤 집에 누웠는데 지붕이 뚫려 있어서 밤하늘이 보였다. 바람 피우고 도박에 손을 댄 남편을 경찰서에서 빼 오느라 소두 마리를 팔았다. 그 와중에도 가정 폭력을 휘두르는 남편에게 두들겨 맞아 얼굴이 시퍼렇게 돼서 누워 있는데 눈물이 멍 위로 흘러내렸다…. 남편의 뒤치다꺼리를 하며 삶에 휘말리다보니 이제 여든이 넘은 나이가 되어버렸다. 지난했던 세월을 어떻게 보상할 것인가. "선생님, 고마워요. 선생님이 내 아들 딸보다 나아요." 치료를 끝내고 떠나는 우리에게 자꾸만 감사하다고 하셨지만 그 감사는 우리 사회가 할머니에게 돌려드려야 할 얘기였다.

한국 사회는 여성의 돌봄 노동으로 유지되는 나라다. 국가가 책임져야 할 공공의료의 공백을 메우는 것은 송 할머니 같은 분들의 간병 노동이다. 할머니의 집이 요양원이고 할머니가 요양보호사였던 셈이다. 일정 정도의 교육 수준이 필요한 요양보호사 자격증 제도는 무학자인 할머니에게는 그림의 떡일 뿐이다. 할머니는 국가로부터 아무런 대가를 지불받지 못했다. 가족이라는 이유로 무급의 요양보호사로 남은 것이다.

우리가 노환이나 죽음에 도착했을 때 마주하게 되는 외로움이나 고통은 동등하다. 어떤 죽음도 결국은 혼자 감당하는 것이다. 어쩌면 모든 죽음은 결국 고독사일지도 모른다. 누군가 옆에 있어도 외로울 수밖에 없다. 그것은 피해갈 수 없다. 그 외로움은 주어지는 것이지 선택할 수 있는 것은 아니다. 선택할 수 있는 것은 나 자신의 태도, 즉 존엄성이나 품위일 뿐이다. 자신에게 거짓말하지 않고 회피하지 않으면서 내가 원하는 대로 나답게 죽는 것, 우리가 선택할 수 있는 것은 그뿐이다. 그러니 우리가 죽음 앞에 당도했을 때 중요한 것은 외로움이 아니라 존엄성이다. 즉 이 모습이 내가 원했던 죽음의 모습이냐 아니냐인 것이다. 문제는 한국 사회에서 그 존엄성을 위해 필요한 것이 각오나 태도가 아니라 돈이라는 것이다.

지금 시대는 집에서 죽는다 해도 특별한 능력이 요구된다. 누구나 죽음이 가까이 오면 (설사 가족이 없는 사람이라 하더라도) 옆에 있어줄 사람이 필요하다. 그 한 사람을 확보하는 데 돈이 필요하고 가족들의 능력이 요구된다. 죽어가는 사람에게, 죽을 때까지 자신의 옆에 있어줄 한 사람을 먹여주고 재워주고 그에게 월급 줄 만한 능력을 요구하는 것이 현대의 요양 시스템이다. 대개 그 비용은 한 달에 최소 백만 원은 넘어간다. 능력이 안 되면 무급으로 그 공백을 메우는 수밖에 없다. 가까이 있는 누군가가. 예를 들면 송 할머니 같은 여성들이.

몇 년 전 가을, 부모님을 모시고 설악산 단풍 구경을 간 적이 있다. 한계령 입구의 계단을 조금만 올라가면 넋을 놓을 만큼 아름다운 단풍이 펼쳐져 있었지만 부모님은 그 계단을 올라가지 못하셨다. 어제는 뛰어다니다 오늘은 걷기만 하고 내일은 지팡이를 짚게 되는 일은 비유가 아니라 현실의 내 부모에게 일어나고 있었다. 저녁 식사를 마치고 식당에서 나오는데 먼저 일어난 어머니와 아버지가 멀찍이서 손을 잡고 차 세워둔 곳까지 함께 걸어가셨다. 아버지는 중풍 후유증으로 한쪽 다리를 절뚝이시고 어머니는 저녁 식전에 복용한 신경과 약 때문에 나른하고 어지러운지 뒤뚱거리셨다. 누가 누구에게 기대는 것인지도 모르게, 서로가 서로를 붙들고 부축하면서 걷고 계셨다. 두 분은 내 부축을 필요로 하지 않으셨다. 마음 한구석이 아려오면서도 그런 두 분의 모습이 단풍든 산의 모습보다 더 아름답다 느꼈다.

하지만 아름다움은 짧고 그 이후에는 기나긴 현실의 세계가 이어졌다. 코로나로 인해 병원도 무서워서 못 가는 부모님을 위해 약을 처방받고 약국에서 약을 사서 챙기고 무릎 통증이 심해진 어머니를 위해 주사제와 드레싱 세트를 준비해 서울 집으로 향하는 일은 주로 내 몫이었다. 그 세계에서 나는 벌써 조금씩 귀찮아지기 시작했다. 그럴 때마다 송 할머니가 떠올랐다. 보고만 있어도 시간이 지나가는 게 아까운 엄마 일로도 때론 부대끼는 게 자식의 마음이다. 하물며 자신에게 폭력을 행사하고 끊임없이 정신적 고통을 준 사람의 대소변을 받아내는 것은 어떤 심정이었을까. 그것도 몇 시간 며칠이 아니라 몇 달 몇 년을. 그것은 아마도 형벌처럼 느껴졌을 것이다. 가족들에게 간병하지 않을 자유를 주지 못하는 사회는 근본적으로 폭력적인 사회다.

#2

아침 대용으로 콩가루에 떡을 찍어 먹으면서 말을 걸려고 하니 아내가 말한다. "말 시키지 마." 목을 넘어가는 콩가루가 기관지로 넘어가면 사레들릴까 봐 요구르트를 마시면서 나는 다시 물었다. "뭐라고?" "말하지 말라고!" "뭐?" "에이, 말 시키지 마! 콩가루 먹고 있는데 말 시키면 살인미수야. 자기는 요구르트로 목에 기름칠하면서 나한테 말 시키면 살인미수라고!" "푸하하하!" 오늘 아침 하마터면 콩가루 살인 사건이 날 뻔했다. 어렵사리 떡을 삼키며 아내와 나는 한바탕 크게 웃었다.

　혼자 사는 어르신들에게는 이런 일이 불가능하다. 이 소란스러움이, 이 웃음이 없을 것이다. 그 웃음을 주었던 사람들은 대부분 벽에 걸려 있다. 사진 속에.

　왕진을 갈수록 나의 노년에 대한 두려움이 커진다. 의사인 나조차도 그렇다. 나와 아내도 결국 한 사람이 떠나면 남은 한 사람은 혼자만의 삶을 살아야 한다. 나이가 더 많고 남성인 내가 먼저 떠날 가능성이 높다. 가끔 그 사실을 생각하면 가슴이 미어진다. 죽음이 가까이 왔을 때 나는 아내에게 선택의 자유를 주고 싶다. 간병 선택의 자유.

나는 여전히 국가보다 더 중요한 것은 한 사람의 이웃이라고 생각한다. 오랫동안 협동조합이나 시민사회에 관심을 가졌던 것도 그런 이유다. "수술 마치면 이제 더는 경로당에 앉아 화투만 치고 있진 않을 거예요. 앞으로는 의미 있는 봉사활동이라도 하고 싶어요." 정부 지원을 받던 의료보호대상자 할머니가 의료생협 조합원들의 도움으로 큰 수술을 하러 수술 방으로 들어가던 날, 내게 말씀하셨다. 할머니에게 이런 깨달음을 준 것은 국가의 지원이 아니었다. 할머니의 수술을 위해 헌신적으로 노력했던 조합원들의 모습이었다. 국가의 지원은 한 개인을 변화시키기 힘들지만 이웃의 도움은 개인을 변화시킨다. 그것은 결국 관계를 변화시키고 마을을 변화시키며 삶을 더욱 의미 있게 한다. 그래서 돌봄의 주체도 국가보다는 개인이나 이웃과 마을로 설계되어야 한다고 나는 생각한다. 국가는 헌신적인 한 사람의 부재를 결코 대신할 수 없기 때문이다. 개인으로서의 나는 그렇게 생각한다. 하지만 국가는 그러한 개인의 선택에 의존해서는 안된다. 국가는 공동체의 모습이 사라지는 곳에서 자신의 모습을 드러내야 한다.

우리에겐 가족을 간병하지 않을 권리가 필요하다. 그 권리를 내가 선택할 수 있도록 사회가 여건을 보장해야 한다. 내가 그를 간병하지 않더라도 사회가 그를 간병해줘야 한다. 만약 내가 간병을 선택한다면 사회가 치러야 할 공동체의 비용을 아무런 조건이나 장벽 없이 나에게 지불해야 한다. 그래야만 선택할 수 있다. 간병받는 사람의 존엄성이 훼손되지 않기 위해서라도 지인이나 가족의 '간병하지 않을 자유'는 보장되어야 한다. 간병을 거부할 자유는 간병할 자유, 간병받을 자유와 같은 말이다. 언제까지 국가는 송 할머니 같은 분들에게 손을 내밀 것인가. 다른 건 몰라도 죽음을 맞이할 때만큼은 돈 걱정하지 않고 죽을 권리를 부여해야 하지 않을까. 죽음 앞에서도 돈을 걱정해야 하는 사회만큼 슬픈 사회가 있을까. 지금도 우리 사회에는 수많은 송 할머니들이 국가의 빈자리에서 그 형벌을 짊어지고 살아가고 있다.

지역의사가 보는 '지역의사제'

                                 내가 살고 있는 강원도 춘천에는 고탄이라는 마을이 있다. 행정구역상으로는 춘천시지만 시내에서 차로 40분은 가야 하는 곳이다. 그 마을에 왕진을 가서 만난 할머니 한 분은 류머티즘 관절염으로 오랜 기간 침대 생활을 했다. 발가락과 손가락 관절이 뒤틀려 걷는 것 자체가 거의 불가능한 상황이다. 당연히 운전도 하지 못한다. 이분은 진료를 어떻게 볼까? 한국에서는 이런 분들조차 의사를 만나려면 병원에 가야 한다. 의사가 이분들을 찾아오는 일은 없다. 한국의 의료 시스템은 의사가 환자를 찾아가는 일을 원천적으로 봉쇄한다. 왕진은 '돈'이 안 되기 때문이다.

    병원 진료가 예약된 날은 아침 일찍 콜밴을 부르고

요양보호사가 오면 나갈 준비를 한다. 요양보호사는 할머니를 업어 콜밴에 옮겨 태운다. 할머니의 뼈는 귀한 도자기나 다름없다. 옮기다가 조금이라도 부딪히면 바로 골절된다. 오죽하면 다리를 주물러드리고 싶어도 뼈가 부러질까 봐 못 한다고 요양보호사가 얘기할까. 대학병원에 도착하면 이 더위에 땀을 뻘뻘 흘리며 휠체어로 옮겨 탄다. 순환기내과에 갔다가 3분 진료, 내분비내과에 가서 또 한참을 기다려 3분, 다시 정형외과에 가서 또 3분, 그렇게 몇 분짜리 진료를 보기 위해 하루를 다 쓴다.

고탄마을의 다른 노인들도 사정은 비슷하다. 근처에 병원은 고사하고 보건지소도 없어서 의사를 만나려면 차를 타고 시내까지 나가야 한다. 오랜 농사로 허리 통증과 무릎 관절염은 기본적으로 가지고 있는 노인들이 아픈 허리와 다리를 끌고 버스를 타고 다시 택시를 갈아타며 의사를 찾아간다. 그 버스마저도 고작 하루 한두 번 다닌다. 그걸 놓치지 않으려 기를 쓰고 버스정류장으로 가는 것이다.

공공의료의 결여가 누군가에게는 추상적인 얘기일 수도 있지만 이들에게는 구체적인 고통이다. 그 고통의 장소에 와보지 않고 고통의 대안을 얘기하는 것은 결국 지금 이곳에서 필요한 일을 해결하지 못한 채 정책이 수

립될 가능성을 높인다. 고통의 현장에 너무 늦게 도착한 사람으로서 나도 할 말은 없다. 하지만 그래도 왕진을 가면서 깨달은 것이 있다면 그들을 대표하는 것은 그들 자신이라는 것이다. 그 누구도 그들 자신의 목소리를 대신할 수 없다. 지난 수년 동안 할머니의 집을 방문한 사람은 최근의 나를 제외하면 딱 두 사람뿐이었다. 요양보호사와 이상한 사람(병원 브로커로 의심되는 그는 원하지도 않는 한의원 진료를 보게 해서 할머니를 화나게 만들었다). 행정 계획을 세우는 이들이 제일 먼저 해야 하는 일은 여기에 와서 현장을 보는 일이고 그들의 목소리를 듣는 것이다. 왜냐하면 시골집에 갇혀 누워 있는 분들의 목소리는 결코 복지 공무원의 책상머리까지 들리지 않기 때문이다.

공론화되고 있는 '지역의사제'란 이름은 수정되어야 한다. 문제의 본질은 지역에 머물 의사가 부족한 게 아니라 공공의료에 머물 의사가 부족하다는 것이다. 지금도 소위 지역이라 할 수 있는 춘천 시내의 의사들은 차고 넘친다. 내가 일하던 병원만 해도 지난 5년 동안 엎어지면 코 닿을 거리에 새로운 의원이 다섯 군데가 더 생겼다. 하지만 그들 중 누구도 고탄마을까지 오지 않는다. 잇속으로 움직일 수밖에 없는 사람들에게 의사의 책무를 얘기하지 말았으면 좋겠다. 고탄마을의 힘겨움은 춘천 시내 의사들의 이기심 때문에 생긴 일이 아니다. 이 일은 명백히 공공의료의 책임이다.

지금 필요한 것은 지역의사제가 아니라 공공의사제이며 10년 뒤가 아니라 지금 여기에서부터 당장 시작되어야 한다. 돈을 더 들여서라도 병원에 가기 힘든 시골 동네에 왕진 갈 의사를 뽑고 마을회관에서라도 진료가 가능하게 해야 한다. 지역의사제가 자리를 잡는 데 필요한 10년, 20년 뒤는 기다리면 되는 시간이 아니다. 마을의 어르신 중 상당수가 그때는 이미 돌아가시고 없을 것이기 때문이다.

싸움 이후의 시간

얼마 전 지인의 친한 이웃을 소개받을 때 일이다. 친구가 내 직업을 얘기하자 이웃분은 "아! 돈밖에 모른다는 그 직업이군요"라고 웃으면서 말했다. 같이 웃어지지가 않았고 결국 서먹해지고 말았다. 싸움 속에 있을 때 우리는 그 이후를 생각하지 않는다. 마치 싸움이 영원히 계속될 것처럼 죽자고 싸운다. 하지만 싸움은 결국 끝나게 마련이고 이후의 시간이 싸움의 시간보다 더 길다. 우리가 싸우고 비난했던 사람을 영원히 만날 일이 없다면 상관없지만 다시 만나야 한다면 그 이후에 어떻게 만날지를 한번쯤 생각해보아야 한다. 누가 이기고 지느냐보다 더 중요한 것은 싸움 이후에 그 사람의 마음에 남는 것이다.

나는 어쩔 수 없이 의사다. '지역의사제'를 둘러싸고 일어나는 정부, 의사협회, 시민들 사이의 싸움을 의사의 입장에서도 보지 않을 순 없다. 의사들의 파업에 동참한 동네 의사들이 10퍼센트 정도라고 한다. 하지만 동네에서 아직 병원 문을 열고 있는 나머지 의사들도 문을 닫고 싶은 마음이 대부분인 듯하다. 뭔지 모를 상실감이, 의료 정책의 결정 과정에서 우리는 들러리라는 소외감과 '뭣도 모르는 정부가 전문가인 우리를 무시한다'는 열패감이 의사들 마음속에 똬리 틀고 있다.

문제의 원인이 된 지역의사제를 다시 생각해본다. 지역이라는 구분선은 도대체 왜 필요한 걸까? 지금 한국 의료의 비극은 지역과 서울 사이의 장벽이 없어서 생긴 게 아니다. 공공의료의 공백 때문에 생긴 일이고 공공의료와 민간의료 사이의 차별성 혹은 장벽이 없어서 생긴 일이다. 의사들 내부에서는 '왜 보건소가 동네의원하고 똑같이 장사하려 하느냐'는 원망이 오래전부터 있었다. 그리고 그 말이 틀리지 않다. 며칠 전 왕진을 가서 만난 시골의 어르신 한 분은 대문 밖 의자에 앉아 숨을 헐떡이고 있었다. 밭일을 조금만 해도 숨이 차올랐다. 하지만 독거노인인 이 어르신도 병원에 가본 적이 없다. 의사가 찾아온 적도 없다. 보건소 의사는 바로 이곳에 있어야 했다. 이런 분들을 만나는 현장에 찾아와야 할 의사가 보건소에서 다른 개업의들과 똑같이 진료하면서 돈을 벌고 있는 모습, 이것이 공공의료의 맨 얼굴이다. 정부가 내놓은 지역의사제를 통해 나온 의사들이 공공의료에서 일을 하는 기간은 길어봐야 5년이다. 그 기간이 끝나면 이후 30, 40년 동안 산업예비군 의사로 남아서 지금의 전공의들과 취업 경쟁을 할 수밖에 없다. 그래서 전공의들이 반대를 하는 것이다. 지역의사제를 '공공의사제'로 바꿔야 한다. 공공의사제를 통해 배출된 의사를 공무원화하고 정년까지 보장해주면서 공공의료 영역에 남게 한다면 파업할 동네 의사는 거의 없을 것이다. 의사들이 파업을 하는 것은, 공공의료 영역에서 의사들의 수를 늘리는 것을 반대해서라기보다 그 의사들이 민간의료 영역으로 넘어와 자신과 경쟁자가 되는 것 때문이다.

가장 잘못하고 있는 것은 의협의 대표자들이다. 지역의사제 논의를 제대로 된 공공의사제 논의로 바꾼다면 민간의료와 공공의료 사이에 큰 장벽을 세우는 게 가능해진다. 그렇게 되면 의사들의 밥그릇을 지키면서 동시에 시민들의 건강도 지킬 수 있다. 그런데 의협은 이 일을 포기한 채 투쟁으로만 일관했다. 결국 의사들은 국민의 생명은 아랑곳하지 않고 자신의 밥그릇만 지키려는 집단이 돼버렸다. 공공의료의 문제를 발생시킨 것은 결코 동네 의사들이 아니다. 정부의 문제였고 공공의료기관의 문제였다. 그럼에도 의협의 극한투쟁 탓에 공공의료 문제의 주범은 동네 의사가 돼버렸다.

싸움의 과정은 결과와 상관없이 서로를 새롭게 구성한다. 싸움이 끝나면 우리는 다시 진료실에 가야 한다. 환자인 우리도, 의사인 우리도 결국 진료실에서 만나야 한다. 그때 우리는 서로를 어떻게 바라볼 것인가. 건너편에 앉아 있는 사람을 두고 생명은 무시하고 돈만 밝힌다 욕했던 사람과 자신들의 정당한 파업에 잘 알지도 못하면서 수없이 돌을 던졌다고 생각하는 두 사람이 마주 앉아야 한다. 이런데도 정부는 지역의사제를 고집할 것인가.

의사들의 힘이 나오는 곳

할머니는 새벽 버스를 타고 차를 두 번 갈아타 시내에 있는 병원으로 나간다. 의사 얼굴 보는 데 두 시간이 넘게 걸리는 기나긴 여정이다. 그렇게 타 온 두 달 약값은 20만 원이 넘어간다. 생활비의 대부분을 충당하는 연금에 거의 근접하는 금액이다. 근처 보건지소에 가면 약값이 무료라서 좋을 텐데 왜 시내까지 다녀오시는 걸까. 의사가 미덥지 않다고 한다. 밥그릇에 들러붙은 밥알 한 알도 아까워서 물로 헹궈 드시는 어르신들이기에 보건지소에서 당뇨·혈압약만이라도 처방해주면 약값이 많이 줄어들 수 있는 상황이라 너무 아쉽다.

"자다 일어났나 봐요. 머리가 산발이던데. 빗질이라

도 해주고 싶더라고요." 나와 함께 할머니 집 인근의 보건지소를 방문한 일행이 한 얘기다. 평일 오전 11시 30분. 보건지소의 문은 굳게 닫혀 있었다. 현관에 안내문도 없었으니 휴진은 아니었다. 점심시간이 아직 30분이나 남았는데 이상해서 전화를 해봤다. 누군가 전화를 받았다. 공중보건 한의사였다. 내 전화를 받고서야 안에서 문을 열어주었다. 함께 일하는 양방 의사도 연락을 받고 내려왔다. 자다 일어난 얼굴이었다. 왜 진료시간에 병원 문을 잠가놨는지 묻지 못했다. 어쨌든 두 사람의 협진이 있어야 우리가 방문하는 어르신들의 진료가 개선될 것이기 때문이다. 분명한 것은 할머니가 왔더라면 문을 닫은 줄 알고 그냥 돌아갔을 거라는 거다. 그날은 영하 15도가 넘어갔다.

20년 전 충남의 시골 마을에서 공중보건의로 근무할 때 나도 저런 모습이었다. 퇴근시간이 되면 마치 총신에서 튀어나가는 총알처럼 진료실에서 튀어나갔다. 무엇 때문에 달라진 것일까. 아마도 만남 때문일 것이다. 환자들의 집을 찾아간다는 것. 지금 내가 이곳에서 어르신들의 편에서 뭔가 하고 있다면 그건 내가 특별한 윤리의식을 가지고 있어서가 아니다. 그때의 나에게 없었으나 지금의 나에게 있는 것은 '접촉'이었다. 처음 보는 사람인데도 손이 너무 차갑다며 손을 쓰다듬고 아랫목을 권하는 할머니에게 무심할 수 있는 의사는 없다. 그 만남은 결국 모든 것을 바꾸어놓는다.

2020년 의사 파업의 일환으로 의사고시를 거부했던 의대생들에게 정부가 재응시를 허락한 것 때문에 논란이 많다. 재응시가 거부됐던 상황에서도 끝까지 거부되리라고 생각한 의대생은 아마도 없었을 것이다. 대학병원에 인턴 수급이 되지 않았을 때 어떤 파국적 상황이 벌어지는지 누구보다도 의대생들이 잘 알고 있다. 의대생들이 승리를 자신했던 것은 그들 스스로, 의료가 공공재라는 것을 너무나 잘 알기 때문이다. 그렇다. 의사들의 힘은 의료의 공공성에서 온다. 아무나 의사가 될 수 없어서 의사가 힘이 있는 게 아니다. 모두가 의사를 필요로 하기 때문에 의사들에게 힘이 생기는 것이다. 정부가 의사들에게 군 입대를 공중보건의로 대체할 수 있게 허용한 것도, 의대생들이 의사고시를 다시 볼 수 있는 것도 공공의료에서 일할 단 한 명의 의사가 아쉽기 때문이다.

지난 3년간 소위 3대 대형병원들은 총수익이 수십조 원에 달하면서도 법인세를 한 푼도 내지 않았다고 한다. 의료가 공익적 성격을 갖지 않는 사적 이익 추구의 영역이었다면 정부가 그걸 용인할 이유는 없다(그런데도 대형병원들은 코로나 음압 병상을 제공하는 데는 자신들의 역할이 아니라며 미적거리고 있다). 의료의 공공성이란 국립의료원이나 보건소에만 적용되는 것이 아니다. 어디에 있는 의사든, 어떤 병원이든 그들이 하는 모든 행위에는 공공성이 스며들어 있다. 의사와 대형병원들이 보는 혜택은 모두 그 공공성이라는 책임 위에 허락된 것이다. 의사 파업 당시 의사들은, 국민이 자신들의 진정성을 몰라준다는 말을 많이 했다. 의사들이 받고 있는 무관심은 의사들이 갖고 있는 무관심과 결코 다르지 않다. 권리를 행사하면서 책임에는 무관심하다면 그 상황은 바뀌지 않을 것이다. 의사들이 그 책임 위에서 잠들어 있던 그날, 할머니는 새벽 버스를 타고 약을 타기 위해 시내로 엉금엉금 나아갔다.

두 종류의 전문가

#1

_____ 의대 동문회에 갔을
때 일이다. 남도에서 꽤 크게 성공한 개업의로 유명세를
탔던 후배 '정'을 그곳에서 만났다. 요즘처럼 분과전문
의 제도까지 있는 의료 시장에서 인턴 과정도 수료하지
않은 채 바로 개업을 한 일반의 '정'의 성공은 꽤나 입소
문을 타고 있었다. 자기소개하는 자리에서 그는 농담조
로 자신은 유알아이 스페셜리스트(URI specialist)라는 말
을 했다. '유알아이'란 상기도 감염을 의미하는데 흔히들
감기라고 생각하는 질환이다. 그러니까 그는 자신을 '감
기 전문의'라고 소개한 셈인데 그 자리에 함께 있던 진
짜(!) 전문의들, 소위 소아과나 이비인후과, 내과 전문의

선후배들이 실소를 하며 웃었다. 감기라고 하는 질환은 모든 의사들이 볼 수 있는 질환이고 그 치료라고 하는 것도 보존적 치료가 대부분이어서 특별한 비법이나 처방이 있을 수 없다고 다들 생각했기 때문일 것이다. 얘기를 들어보니 '정'의 병원은 소아 감기 환자들로 북새통을 이룬다고 했다. 비법이 뭘까 듣는 나도 참 신기하다고 생각했다.

그리고 얼마 전 미세먼지 강연회가 한 카페에서 있었다. 강사는 의사도 아니고 과학자도 아닌, 두 아이의 엄마인 주부 유소은 씨였다. 사실 나도 전에 시민단체 쪽으로부터 미세먼지에 대한 강연을 부탁받았지만 고사한 적이 있다. 호흡기 내과 전문의도 아니고 이 분야에 축적된 전문 지식이 별로 없다고 생각했기 때문이다. 그래서 특별한 전문가 이력이 없는 주부가 강사를 한다고 하니 나도 조금은 의아했다. 혹시 전문성이 부족할까 봐 미세먼지에 대한 의학 논문들을 몇 가지 검토해서 자료로 가지고 갔다. 하지만 막상 강연을 들으면서 나는 부끄러워서 그 자료를 내밀지 못했다. 그는 미세먼지 전문가가 맞았다. 다만 내가 생각해왔던 전문가와는 다른 전문가였을 뿐이다.

예를 들면 이런 장면. 강연을 듣고 나서 질문하는 시

간이었다. 초등학생쯤 되어 보이는 아이가 손을 들고 질문을 한다. "저는 안경을 쓰는데 미세먼지 마스크를 쓰면 안경에 김이 서려서 힘들어요. 어떻게 써야 좋을까요?" 너무 사소한 질문이어서인지 청중석에서는 웃음도 나왔다. 하지만 유소은 씨는 이 질문에 아주 구체적이고 진지하게 답했다. "마스크 윗부분의 철심을 코에 압착해서 누르면 돼. 그리고 안경 코받침을 마스크 아래쪽으로 내려서 쓰면 김이 안 서려." 그뿐만이 아니다. 미세먼지 측정기는 어떤 기기가 좋은지, 공기청정기는 어떤 모델을 구입해야 하는지 자신의 구매 경험을 기반으로 설득력 있게 제시했다. 공기청정기 비용이 비싸서 구입을 망설이는 사람들에게는 선풍기와 값싼 필터를 구입해 간이식 공기청정기를 자체 제작하는 요령까지 설명했다. 이런 얘기들은 소위 강단이나 실험실에 갇혀 있는 전문가라면 도저히 생각해내지 못할 '생활의 발견'이었다. 그는 많이 아는 사람이 아니라 다르게 질문하는 사람이었다.

왜 이런 차이가 생겼을까. 기존의 전문가는 설명하고 해석하는 것에 집중하는 사람들이다. 하지만 그는 해석에 매달리는 게 아니라 상황을 바꾸고 싶어 했던 것 같다. 그는 자신의 가족을 돌보기 위해 이 일을 시작했고 그것이 그를 다르게 질문하는 사람으로 만들었다. 변화에 필요한 질문을 했고 그 질문에 대한 답을 구체적인 일상의 변화 속에서 찾았다. 그렇게 아주 미세하지만 중요한 변화들을 자신과 가장 가까운 곳에서부터 바꾸어나갔다. 그에게는 미세먼지 문제가 학문적인 주제가 아니라 자신과 가족의 건강과 직결된 문제였다. 그리고 그 질문에 대한 답을 자신의 삶을 바꾸는 방식으로 써내려갔다. 어쩌면 우리에게 필요한 것은 '이 사회를 위해서 내가 뭔가를 하겠다'가 아니라 내 가족과 나 자신을 위해서 필요한 일이 무엇인가에 대한 감성일지 모른다. 그것마저 손 놓아버리고 우리는 뭔가에 매달려 쫓기며 살고 있는 것이다.

세상을 바꾸기 위해 대단한 희생을 요구하는 대의가 필요한 건 아니다. 내 가족을 지켜야 한다는 개인주의만 있어도 이타주의는 실현될 수 있다. 나와 세상은 거미줄처럼 이미 단단히 연결되어 있기 때문이다. 세상이 바뀌지 않은 것은 이타주의의 부족 때문이 아니라 개인주의가 없었기 때문이다. 내 아이를 그토록 사랑하는 사람에게 다른 아이들이 눈에 들어오지 않을 리가 없다. 아이가 다니는 어린이집 원장을 수차례 만나 설득해 결국 공기청정기를 설치하게 한 일. 춘천의 공공도서관에 공기정화 시스템 설치를 끊임없이 건의하고 동네에서 뭔가를 태울 때마다 지치지 않고 공무원들에게 민원을 제기한 일. 그가 지난 6년간 해온 일이다. 오죽했으면 '신고의 여왕'이란 별칭까지 얻었을까. 아이가 자면서 잠꼬대로 "엄마, 오늘은 먼지 없어?"라고 했다는 마음 아픈 장면은 그가 살아온 시간을 농축해 보여주는 것이기도 했다. 그의 강연은 내게 이렇게 말하는 것 같았다. '문제를 알고 있는 사람은 많았지만 문제를 해결하려고 움직이는 사람은 드물었어. 세상이 바뀌지 않았던 건 아는 사람이 적어서가 아니라 움직이는 사람이 없었기 때문이야.'

아이의 질문에 성실히 답하는 유소은 씨의 모습을 보면서 나는 다시 후배 '정'을 떠올렸다. 개인적으로 친분이 있던 그는 내게 '아이가 감기 걸렸을 때 석션(suction, 장치를 이용해 콧물을 빨아주는 것)을 해주는 것이 과연 효과가 있는지'에 대한 논문을 찾아봤던 얘기를 해준 적이 있다. 그는 아이의 부모들이 진료실에서 자연스레 물어보는 질문에 대해 관습적으로 대답하지 않고 의학 논문을 찾아보고 근거 자료를 찾으려 했다. 동문회 자리에 있던 진짜(?) 전문의들은 잘 하지 않았던 질문들, 하지만 환자 입장에 서보면 묻지 않을 수 없는 질문들에 끝까지 성실히 답하려 노력한 것이다. 그러고 보면 그의 성공은 신기한 것이 아니라 당연한 것이었다.

#2

처음엔 방사능과 싸우는 건 줄 알았다. 하지만 지난 6년 간 춘천의 생활 방사능을 낮추기 위한 싸움의 과정에서 우리가 만난 건 토륨이나 우라늄, 라돈이 아니었다. 싸움을 시작하기 전에는 드러나지 않았던 것들, 꼭꼭 숨어 있던 한국 사회의 고질병들이 우리 앞에 모습을 드러냈다. 2019년 '생활 방사선 대응 민관 정책 간담회(이하 간담회)' 자리에서 원자력안전기술원 생활방사능안전센터장(이하 센터장)을 만났을 때도 그랬다.

여기, 저선량 방사능의 위험성에 대해 두 가지 상반된 주장이 있다. A는 이렇게 얘기한다.

"낮은 선량의 방사능에 장기간 노출되었다면 손상이 회복될 가능성이 높기 때문에 위험성은 상당히 낮아집니다. 하지만 암 발생과 같은 장기간 부작용의 위험성은 여전히 존재하며 이는 수년 혹은 수십 년 후에 나타날수 있습니다. 이러한 효과가 항상 발생한다고는 할 수 없지만 그 가능성은 노출된 양에 비례해서 커집니다. 아이들과 청소년은 성인에 비해서 훨씬 민감하므로 그 위험성이 더 높습니다."

B는 이렇게 얘기한다.

"저선량 방사능으로 암 발생률이 증가한다는 것은

입증이 안 됐습니다. 춘천보다 열 배 이상 나오는 곳도 별 탈 없이 삽니다."

서로 상반되는 얘기다. A와 B 중에서 누군가는 분명 거짓을 얘기하고 있다. A는 간담회에 참석한 한림대 의대 교수와 세계보건기구(WHO)이다. B는 센터장이다. 도대체 누가 거짓을 얘기하는 걸까?

그날 간담회는 진실이 무엇인지를 알기 위한 토론의 자리가 아니었다. 센터장의 태도와 말 속에는 진지함이 없었고 궁금증을 찾아보기 어려웠다. 만약 내가 센터장이라면 자신이 알고 있는 과학적 사실에 상반되는 주장을 하는 의대 교수에게 스스로 먼저 질문을 던졌을 것 같다. 하지만 그는 그렇게 하지 않았다. 진실을 갈구하는 사람이 갖고 있는 초조함이 없었다. 너무 느긋했다. 질문도 하지 않았다. 시민 방청객에게 질문을 받을 때만 기계적으로 자신의 생각을 반복해 말할 뿐이었다. 진실이 무엇인지 궁금해하지 않았고 알고 싶지도 않은 것처럼 보였다. '후쿠시마보다 방사능 수치가 낮은 곳에 살고 있으니 안심하라'는 식의 논조, 욕을 먹어도 아무 상관이 없다는 태도, 횡설수설해도 웃으면서 넘어가버리는 저 여유가 의미하는 것은 무엇일까. 저들을 뒷받침해주고 있는 배경은 도대체 무엇이길래 이렇게 무성의로 일관해도 그 자리를 보전할 수 있는가. 아니 이렇게 해야만 이 자리를 보전해주는 뒷배경은 무엇일까.

그들은 알고 있었다. 결국 간담회는 형식적인 자리일 뿐이라는 것, 지금 이 자리에서 이뤄지는 심도 깊은 토론의 결과로 행정 방향이 결정되는 것이 아니라는 것, 공무원들의 책상머리에서 조직 보호주의와 행정 편의적인 결정에 의해 일이 추진되리라는 것, '너희(시민)들이 이렇게 거품을 물고 난리를 쳐도 결국 아무것도 바뀌지 않는다'는 것을 누구보다 그들이 너무 잘 알고 있었다.

오후 진료를 휴진하고 부랴부랴 간담회 시간에 맞춰 장소에 들어가다 입구에서 토론을 시작하기도 전에 간담회장을 떠나는 시 관계자를 만났다. 인사말만 하고 나가는가 보다. 그다음 일정은 뭘까. 지금 이 토론회보다 훨씬 중요한 일일까. 어쩌면 간담회에 끝까지 앉아 있던 공무원들도 똑같은 마음일 것이다. 방사능 때문에 불안해하는 시민들의 얘기를 들어줬으니까 이제 됐다는 생각. 그이들에게 토론회는 (문제를 해결하는) 시작점이 아니라 끝나는 지점일지도 모른다는 불안이 그의 뒷모습을 보면서 엄습해왔다. 그리고 간담회가 있고 얼마 후 시는 향후 춘천의 생활방사능 문제에 대해서는 아무런 추가 조치도 하지 않을 것을 공식 선언했다.

차라리 상대가 멋지고 합리적이었더라면 싸우기도 쉬웠을 것이고 결과를 받아들이기도 어렵지 않았을 것이다. 간담회 자리에서 나는 센터장에게 질문을 하면서도 '내가 왜 저 사람에게 이런 질문을 해야 하는가' 하는 생각에 자괴감이 들었다. 상대가 고작 저 정도라니. 집으로 돌아오는 길에 느꼈던 것도 분노보다는 서글픔이었다. 그런데도 행정의 권한과 결정권이 모두 저들에게 있다니. 내 손에는 고작 마이크 하나만 잡혀 있었고 그 마이크로 할 수 있는 것도 그저 저들에게 질문하는 것밖에는 없었다. 우리는 왜 이렇게 무기력할 수밖에 없는가. 왜 우리 손에는 망치가 없을까. 그 무력감이 방사능보다 더 무겁게 내 마음을 짓눌렀다.

싸울 때는 상대를 잘 선택해야 한다. 상대를 극복하기 위해서는 결국 어느 정도는 상대를 닮아가야 하기 때문이다. 상대가 합리적이면 우리도 합리적이어야 한다. 상대가 세련되면 우리는 훨씬 세련되어져야 한다. 하지만 상대가 비합리적이거나 몰상식하면? 우리도 몰상식할 수는 없으니 마음을 다치게 된다. 상대는 우리로 인해 절망하지 않겠지만 우리는 그들로 인해 절망하게 된다. 그날 토론회를 경험하면서 내가 본 것은 몰상식한 전문가 집단의 맨 얼굴이었다.

암이었다. 내시경을 할 때도 혹시나 했는데 조직검사 결과는 역시 암이었다. 환자에게 전화를 해서 알렸다. 이튿날 일찌감치 환자는 병원을 찾아왔다. "조직검사 결과가 위암입니다." 마치 나 때문에 암이 되기라도 한 것처럼 이 말을 하는 게 죄송스럽기만 하다. 그의 얼굴은 상기되고 입은 바짝 말라 있다. 대학병원으로 전원할 것을 권하자 "집안 형편도 어려운데…"라며 말끝을 흐렸다. 암이란 그런 것이었다. 한 사람의 삶이 뿌리째 뽑히는 일이다.

센터장의 강의 중에 한 학부모가 이런 질문을 했다. "최근 스위스에서는 200nSv/hr(춘천의 평균적인 생활방사능 수치는 대략 이것의 두 배다) 이상의 생활방사능에 노출된 아이들에게서 백혈병 발생 위험성이 두 배 이상 증가했다는 연구 보고가 있었는데 어떻게 생각하십니까?" 그의 대답은 이랬다. "10만 명 중에 한 명 걸리는 암의 발생률이 두 배 이상 증가한다고 해도 10만 명 중에 서너 명이 되는 건데 일상생활에서는 그걸 체감하긴 어려우니 괜찮습니다. 그리고 암 발생이 증가하지 않는다는 연구 결과도 있어서 연구의 재현성이 부족하니 저선량 방사능에 대해서는 아직 결론을 못 내린 상황입니다. 그러니 안심해도 됩니다." 이런 그의 대답을 듣고 말문이 막혔다.

설사 암 발생률이 연구마다 일관되게 증가하지 않는다 하더라도 무시할 수 없는 많은 연구들이 발생률의 증가를 보고하고 있다. 일례로 핵발전소에서 근무한 사람들에 대한 연구에서도 방사선 노출량에 비례해 암 발생률은 증가했다.

전문가는 최면술사가 아니라 위험을 예견하고 먼저 조치를 취하는 사람이다. 당연히 정책 입안자의 입장에서는 가능한 위험성에 대해 예방적 태도를 취하는 게 맞다. 그런데도 그는 학부모들에게 안심하라는 최면을 걸기에 바빴다. "저보고 후쿠시마 근처에 가서 살라 하면 살 수 있습니다. 방사능으로 땅값 떨어지면 제가 그 땅을 사겠습니다"라는 그의 얘기를 듣다가 화가 난 일부 학부모들은 중도에 간담회장을 나가버렸다.

암을 통보받고 진료실을 나가는 분의 뒷모습을 보는 일은 늘 안타깝다. 단지 이곳에 살고 있다는 이유로 혈액암에 걸려서 진료실을 나가는 아이의 등을 보는 일은 없었으면 했다. 단 한 명이라도 그런 아이가 생긴다면 그것을 누가 책임질 수 있단 말인가. 적어도 진료실에 앉아있는 나는 그런 상황을 '체감하기 어렵다'고 얘기하진 못하겠고 그런 상황을 별거 아닌 것처럼 치부하는 이가 안전을 관리하는 책임자의 자리에 앉아 있는 일이 끔찍하게 여겨졌다.

내가 살고 있는 지역의 가정의학과 모임에서 만난 동료 의사와 이런 대화를 나눈 적이 있다. "메트포르민 먹어보면 진짜 소화가 안돼요." "어, 선생님 당뇨 있으세요?" "아니요." "그런데 왜 메트포르민을 드셨어요?" "그냥, 환자들에게 처방하기 전에 제가 한번 복용해보는 것도 나쁘지 않을 것 같아서요." 메트포르민은 당뇨 치료의 근간이 되는 약이다. 그 약의 부작용은 (약의 용법과 효능, 부작용에 대해 설명해주는) 약전을 찾아보면 모두 나와 있다. 그런데도 그것을 먹어보는 그와, 약전으로만 그 약의 부작용을 판단했던 나는 과연 같은 전문가일까. 두 사람이 가지고 있는 전문가적 지식과 환자에 대한 태도는 과연 같을까. 반성을 많이 했다. 지금 시대의 전문가들에게 가장 부족한 것은 자기 지식의 대상이 되는 사람의 입장에서 자신의 지식을 바라보는 태도이다. 간담회에서 돌아오는 내내 생각났던 아이 엄마가 있다. 춘천에서 측정한 공간 방사능 수치 중에 가장 높은 수치를 기록한 아파트에 살고 있던 분이었다. 권장 수치의 여섯 배가 넘어가는 곳이었다. 엄마는 자신의 무지로 인해서 아이가 그런 곳에서 수년 동안 살았던 것에 대해 눈물을 흘리며 괴로워했다.

존재하지만 사람들이 보지 못하는 것을 보여주는 것이 시민운동이 하는 일이라고 믿어왔다. 우리는 사랑을 볼 수 있다. 아니 보지 못한다 하더라도 그것이 있다는 것을 안다. 아마도 인간이 눈에 보이는 것 너머를 볼 줄 아는 신묘한 존재이기 때문일 것이다. 그렇듯이 우리는 방사능의 위험성을 볼 수 있다고 나는 믿는다. 내 눈에 방사능이 보였던 것은 내가 내 가족과 친구들을 사랑하기 때문이다. 병원에 있으면 영유아 검진을 하러 오는 아이들을 많이 만난다. 의사 가운을 보자마자 울면서 떼굴떼굴 구르는 아이부터 싱글벙글 해맑게 웃는 아이까지 모습은 천차만별이다. 너무나 사랑스러운 아이도 있지만 가끔은 한 대 쥐어박고 싶은 아이도 있다. 하지만 그 아이를 바라보는 부모의 눈망울은 늘 한결같다. 아이를 사랑스럽게 보는 사람의 눈에 그 아이 가까이에 와 있는 방사능이라는 위험성이 보이지 않을 리는 없다. 내 눈에도 보이는 것을 아이의 부모들이 보지 못할 리는 없다. 우리의 사랑은 우리가 보지 못했던 것을 눈앞에 보여줄 것이다. 그렇게 믿으며 다시 이 길을 간다.

미세먼지 수치가 말하지 않는 것

"김 선생님께.

　요즘 황사도 심한데 거기에 서 계시는 건 좀 어떠세요? 한 달에 한 번 진료실에서만 뵙다가 작년부터는 이틀마다 출근길에 뵙습니다. 제가 작년에 이 동네로 이사를 오고 난 이후 자전거를 타고 출근하면서부터였던 것 같습니다. 공교롭게도 제가 지나가는 시간과 선생님께서 아파트 입구에서 대로변으로 나가는 차들을 교통정리하고 수신호해주시는 시간이 겹쳐서 뵐 때마다 반가운 아침 인사를 하고 지나갑니다. 그런데 수많은 출근 차량의 매연에도 아무런 보호 장비도 하지 않고 일하시는 모습을 볼 때마다 매연 때문에 마스크를 꼭 챙겨 쓰고 지나가는 저로서는 왠지 미안한 마음이 들었습니다."

3 우리를 마중하는 세계

아침 시간 동네 거리가 참 매캐하다. 출근할 때마다 쓰레기 태우는 냄새가 코를 찌른다. 집 근처에 공사장이 있는데 거기에서 일하는 분들이 이른 아침부터 드럼통에 쓰레기를 모아서 태우는 것이다. 사흘에 한 번꼴로 출근 길에 쓰레기 태우는 냄새를 맡게 된다. 태우는 사람들도 아는 것 같다. 언제 태워야 공무원들의 단속을 피할 수 있는지를.

내가 지금 사는 동네에서 체감하는 미세먼지의 정체는 두 가지다. 자동차 매연, 그리고 주거지와 인근 농지에서 쓰레기 태우는 연기. 김 선생님은 한 곳에서 이 두 가지를 동시에 맡고 있었다. 출퇴근하면서 쓰레기 연기를 맡을 때마다 이 동네가 수많은 소형 화력발전소를 품고 있는 동네 같다. 집 환기를 하고 싶어도 먹자골목이나 근처 음식점 배기구에서 나오는 매캐한 연기와 쓰레기 태우는 냄새 때문에 문을 다시 닫아야 할 때도 많다. 아마 그 매연은 저 머나먼 중국에서 날아오는 황사보다 더 심한 오염물질을 품고 있을 것이다. 실제로 나와 김 선생님이 살고 있고 있는 이 동네는 지난 4년간 전국 유해대기물질(발암성 다환방향족탄화수소) 농도에서 부동의 1위를 지키고 있다.

정부에서 발표하는 미세먼지 농도는 한 가지 맹점

을 지니고 있는데, 바로 '위치'다. 매일 발표되는 춘천의 미세먼지 농도는 정확히 말하자면 측정기가 위치한 춘천시 보건소 3층과 (산 좋고 물 좋은) 동내면 고은리 119 소방서 2층의 농도다. 그 수치는 김 선생님이 일하는 도로 옆, 매연을 쏟아내는 차들이 수없이 지나가는 거리 위의 미세먼지 농도가 아니다. 주민들이 일상적으로 쓰레기를 태우고 길가에 즐비한 닭갈비집에서 식사 때마다 뿜어져 나오는 연기가 가득한, 김 선생님과 내가 살고 있는 동네에서 측정한 값도 아니다. 결론적으로 그 수치는 거리에서 일하거나 먹자골목에 살고 있는 사람들의 코로 들어가는 오염물질의 실제 농도를 전혀 반영하고 있지 않다.

이렇듯 내가 체감하는 동네의 공기 질은 너무나 안 좋지만 시청이나 관공서에서는 전혀 관리를 하지 않는 듯하다. 이유야 많겠지만 근본적으로는, 공기의 질을 관리해야 할 사람들이 막상 이 공기를 들이마시지 않기 때문일 거다. 아침과 저녁 퇴근시간에 이 공기를 관리해야 할 사람들은 어디에 있을까. 모두 자신의 차 안에 있을 것이다. 자전거를 타지 않을 것이고 버스를 타려고 정류장에서 하염없이 기다리지도 않을 것이다. 자가용으로 출근해서 시청 주차장에 차를 대고 바로 사무실에 들어가 하루 종일 거기에 앉아 있다가 다시 차를 타고 집으로 돌아갈 거라는 확신이 있다. 왜냐하면 그들이 정말 아침 저녁으로 길거리에서 자동차 매연과 쓰레기 태우는 냄새에 그대로 노출되어 한 시간을 보낸다면 도저히 이렇게 방치하진 못한다.

얼마 전 시청 앞에서 춘천의 높은 생활방사능 문제 때문에 일인 시위를 했다. 오후 5시 반부터 시작해 시청 공무원들 퇴근시간에 맞춰 꼬박 한 시간을 넘겼다. 정문에서 피켓을 들고 서 있는 동안 많은 공무원들이 그 앞을 지나 퇴근했는데 걸어서 퇴근하는 사람을 거의 보지 못했다. 옆에 설치된 거치대에 있는 자전거는 단 한 대뿐이었고 한 시간 넘게 서 있는 동안 자전거를 타고 퇴근하는 사람은 한 명도 보지 못했다. 춘천시에서 시민들이 자전거를 많이 이용하도록 하기 위한 소셜 리빙랩도 한다는데 정작 그 일을 추진하는 공무원들은 몇 명이나 자전거를 타고 출퇴근을 하는 걸까. 버스와 자전거를 타거나 거리에서 일하는 분들의 폐가 이 도시의 미세먼지를 정화시키는 공기청정기는 아니지 않은가. 그런 점에서 나는 이 도시의 공기의 질을 좌우하는 정책에 대한 결정권이 시청 공무원들이 아닌, 김 선생님과 같은 분들에게 있어야 한다고 생각한다.

미세먼지가 심해졌을 때 나는 감옥에 갇힌 죄수가

되었다. 운동도 할 수 없고 산책도 불가능했다. 환자분들과 씨름하는 동안, 월급을 걱정하는 동안, 일상의 행복을 쟁취하기 위해 고군분투하는 동안 미세먼지가 일상을 덮어버렸다. 지금이 아닌 다른 무언가를 꿈꾸며 일상의 감옥을 탈출하기 위해 이 삶을 견디고 있던 나는 멀리 보이던 산을 뿌옇게 덮어버린 미세먼지를 보면서 깨달았다. 결국 더 크고 거대한 감옥에 갇혀 있다는 것을. 탈출해야 하는 것은 일상이 아니었다. 일상이 지켜져야 그 일상에서 그나마 탈출할 수 있는데 지금은 그 일상의 기반이, 맑은 공기를 마시는 일이, 햇빛을 쐬는 것이 안 되는 세계 속에 갇힌 것이다. 그 감옥 안에서는 닭장에 갇힌 닭처럼 조그마한 일에도 예민해지고 신경이 곤두섰다. 숨이 턱턱 막힌다는 것은 이제 더 이상 비유가 아니었다. 그러니 '내 꿈들은 도대체 무슨 의미가 있는 것일까. 이 세계 속에서 가족을 건사하는 것은, 더 나은 의사가 되는 것은 또 어떤 의미가 있을까' 하는 의문이 들 수밖에 없었다. 미세먼지는 우리가 한 번도 중요하게 생각하지 않았던 것들, 맑은 공기와 햇살과 바람과 구름이 얼마나 중요한 것이었는지를 일깨워줬다.

미세먼지는 '죽음의 먼지'라고 정확히 명명되어야 한다. 그것이 우리의 삶을 파괴하는 것은 먼 미래의 일이 아니다. 나중에 심장 혈관이 막혀서, 나중에 뇌졸중이 와서, 나중에 인지기능이 떨어져서 나중에 죽는 것이 아니라 이미 여기에서 우리는 죽어가고 있다. 창문을 열어놓은 채 방 안에서도 마스크를 쓰고 있는 삶은 삶인가. 맑게 갠 하늘을 보기 힘들고 휴일이 되어도 집 안에 갇혀 모니터만 들여다보는 삶은 삶인가. 우리가 근본적인 질문을 회피하자 근본적인 질문이 우리에게 찾아왔다. 미세먼지의 모습을 하고.

"언젠가는 이 상황도 바뀔 거라 희망하지만 그날이 올 때까지는 일하실 때 일반마스크를 쓰지 마시고 꼭 황사마스크를 쓰시기 바랍니다. 80퍼센트는 막아준다니까 그거라도 믿고 의지할 수밖에요. 다음에 뵐 때도 안 쓰고 계시면 제가 가지고 있는 거라도 드릴게요. 저도 얼마 전까지는 일반마스크를 쓰고 다녔는데 그게 전혀 도움이 안 된다고 하네요. 슬프게도 국민의 건강을 챙겨주지 않는 나라에 살고 있으니 우리끼리라도 챙겨주면서 살아야죠. 늘 건강하시길 바랍니다."

황소개구리

"이상하네요. 병원에서는 혈압이 정상인데 집에서 잰 혈압이 높게 나오네요?" 우리 병원에 오는 고혈압 환자 대부분은 집에서 혈압을 측정해 적어 온다. 보통은 병원 혈압보다 집 혈압이 낮게 나오는데 김 아주머니는 거꾸로 집 혈압이 높게 나온다. 이상해서 자세히 여쭤보니 사정은 이렇다. 아주머니는 혼자 살고 계시는데 겨울철에도 집 난방을 하지 않는다. 전기장판 하나로 겨울을 나신다는 것이다. 기온이 10도 떨어질 때 혈압은 13mmHg 정도 올라가는 것을 고려하면 추운 집에서 재는 혈압이 올라가는 것은 당연했다. 고혈압 있는 분들은 집 난방을 좀 하셔야 한다고 당부를 드리는데 아주머니 하시는 말씀. "그래도 이번에 서울에 있는 대학병원 가서 건강검진받았어요. 심장 CT까지 했는데 다 괜찮다대요." "아니 심장 CT 검사는 왜 하셨어요? 가슴 뻐근한 것도 없으시잖아요?" "아, 그냥 병원에서 해보면 좋다고 해서 했죠." 그렇게 말하며 흐뭇해하는 아주머니 앞에서 나는, 흉통 등의 증상이 없는 분들은 심장 CT 검사가 전혀 필요 없단 얘기를 차마 하지 못했다.

한국의 병원은 CT 검사를 참 많이 한다. CT 검사가 필요한 병에 한국 사람들이 유독 많이 걸려서가 아니다. CT 장비를 들여놓은 병원이 많기 때문이다. 공급이 수요를 만들어내는 것이고 대형병원들이 수익을 내기 위해 CT를 권유하는 경우도 있다. 한국의 의료법인은 비영리 법인인데도 그렇다. 실제로 한국은 인구 백만 명당 보유한 CT 장비 수가 OECD 평균보다 10대 가까이 더 많다. 2019년 정부는 '보건의료기술진흥법 개정안'을 내놓았다. 개정안 내용의 핵심은 '연구중심병원'에게 영리 회사인 기술지주회사와 자회사 설립을 허용하겠다는 것이다. 여기에서 말하는 연구중심병원은 소위 빅3 병원이라는 삼성서울병원, 세브란스병원, 서울아산병원이 포함된다. 이런 대형 대학병원들이 대놓고 돈벌이하는 자회사를 만드는 것을 허락하겠다는 의미다. 이제 수익의 주인은 (명목상 돈벌이를 못하게 되어 있는) 병원이 아니라 (대주

주들에게 이윤 배분을 해줘야 하는 영리 법인) 자회사가 될 수도 있다. 그렇게 되면 더 많은 환자들이, 건강상 필요해서가 아니라 자회사의 돈벌이를 위해 CT를 찍어야 할지도 모른다. 한밤중에 발이 삐어서 응급실에 왔다가 붕대 감고 목발을 해야 할 때도 자회사에서 만든 목발을 쓸 수밖에 없게 된다. 목발 한 개에 30만 원이라 하더라도 그렇다. 발을 절뚝거리며 어디 딴 데 가서 구할 수도 없지 않은가. 웃을 일은 아니다. 실제 미국은 그렇다. 복지부는 병원들에게 자회사를 만들어 돈을 벌라고 한다. 복지부에 묻고 싶다. 그 돈은 도대체 누구의 주머니에서 나오는가. 그 병원을 이용하는 환자들의 호주머니가 아닌가.

서울의 대학병원은 CT 한 번 찍는 비용을 위해 김 아주머니가 한겨울 밤의 추위를 견디는 일은 생각지 못할 것이다. 하지만 춘천의 조그마한 동네에서 진료하는 나는 그걸 느낄 수밖에 없다. 내가 별다른 사람이어서가 아니라 김 아주머니를 다음 달에도, 그다음 달에도, 그리고 간혹 동네 이웃으로 봐야 하기 때문이다. 복부 CT 검사를 한 번 하게 되면 다른 이유 없이 촬영을 통한 방사선 노출 때문에 암으로 사망할 확률이 만 명당 다섯 명이다. 연령이 낮을수록 그 위험성은 증가한다. 그럼에도 대형병원은 머리를 부딪혀서 온 아이들에게 CT를 권하기가 더 쉽다. 그럴 수밖에 없다. 의사들은 검사를 하지 않았을 때 자신이 받을 불이익에 대해서는 민감한 반면 그 검사를 했을 때 환자가 받을 수 있는 불이익에 대해서는 둔감해지기 마련이다. 하지만 동네 의사인 나는 아이의 부모에게 CT를 권하는 것을 몇 번이고 망설이며 꼼꼼히 따지게 된다. 동네의 힘은 그렇게 강한 것이다.

정부는 그렇지 않아도 척박한 한국의 의료시장에 황소개구리 한 마리를 풀어놓으려 한다. 1971년도에 식용으로 들여왔던 황소개구리 한 마리가 지금 한국의 들판을 어떻게 만들었는지 보라. 들판의 개구리들의 씨를 말리고 먹이가 부족해지면 자기네들끼리도 잡아먹는다는 황소개구리. 박근혜 정부 시절 의료 민영화 법안이 기획된 이후로 문재인 정부에서도 지속적으로 병원 간 합병을 허용하려는 시도가 있어왔다. 병원 간 합병이 허용된다면 내가 지금 지키고 있는 이 작은 동네의원도 황소개구리 앞에 먹잇감으로 놓인 토종 개구리의 운명이 될 수밖에 없을 것이다. 프랜차이즈 편의점과 대형마트에 밀려 씨가 말라버린 동네슈퍼들처럼 동네의원들도 그렇게 사라져갈 것이다. 그렇지만 나는 CT 한 장 찍을 돈으로 차라리 난방을 하셨더라면 혈압 관리가 더 잘됐을 것이고 그것이 김 아주머니의 건강을 위해 더 필요한 일이라고 얘기하는 것을 멈추지 않을 것이다. 이 작은 진료실 공간에서 내 이웃과 나누는 일상을 지키는 것이 한국 의료를 지키는 것이고, 서울광장에 나가 민영화에 반대하는 사람들의 집회에 참여하는 것이 나의 일상을 지키는 것이기도 하다고 느낀다.

개구리의 울음소리가 봄을 오게 하는 거라 하면 아마도 사람들은 웃을 것이다. 하지만 나는 적어도 세상의 봄은 그렇게 올 것이라 믿는다. 대형병원과 자본의 힘은 시민들, 개구리들의 침묵 속에서만 발휘된다. 그래서 가장 무서운 것은 민영화 법안이나 인수합병을 허용하겠다는 정부 여당의 방침이 아니다. 무관심이다. 시민의 무관심은 우리가 두려워하는 모든 일을 가능하게 한다. '병원 간 인수합병이 왜 필요한가'라는 주제로 열린 토론회에서 정부 여당의 전문위원은 인수합병 합의에 가장 중요한 것은 국민의 합의라고 했다. 그들도 아는 것이다. 세상의 모습을 결정하는 것은 공무원들의 결재 도장이 아니라는 것을. 시민들이 무엇에 관심을 가지는지가 이 세상의 모습을 결정한다. 동네의원을 지키는 데 가장 큰 걸림돌은 그래서, 정부 여당도 국회의원도 공무원도 아니다. 시민의 침묵과 무관심이다.

혈당 54

#1

_____ 의식 저하 상태의 환자가 병원 응급실로 왔다. 혈당을 체크해보니 54mg/dL. 급히 포도당 주사를 놓아드렸다. 함께 오신 분 이야기를 들어보니 홍천군 두미리와 강릉 구정리에 들어오는 골프장에 반대하여 2주간 단식 투쟁을 하던 분이라고 한다. 포도당 주사를 맞은 후 혈당이 정상화되고 의식도 명료해지긴 했지만 전해질 이상 등이 염려되어 하루 입원해 살펴본 후 퇴원하기로 했다.

혈당 54. 보통 사람은 평생 단 한 번도 경험해보지 못할 수치다. 보통 70 이하로 혈당이 떨어지는 것을 저혈당이라고 하지만 그중에도 50 가까이 떨어지는 경우는 흔치 않다. 당이 60 가까이 떨어지게 되면 식은땀이 나고 가슴이 두근거리는 자율신경계 증상들 때문에라도 대부분 뭔가를 먹게 되기 때문이다. 이분처럼 혈당이 50 가까이 떨어지면 뇌로 가는 혈당이 부족해 의식 저하 증상까지 경험하게 되고 더 떨어지면 혼수가 온다.

아침 신문을 보니 이번에 도지사로 당선된 정치인이 문제를 적극적으로 해결하겠다고 약속하면서 골프장 반대 주민대책위원회는 단식을 풀기로 했다 한다. 반갑고 다행이다. 오전 회진을 돌면서 환자분에게 신문을 가져다드렸더니 무척 고마워하셨다.

내가 근무하는 병원은 환자가 없을 때는 복도에서 '딱! 딱!' 하는 소리가 들린다. 처음엔 이게 무슨 소린가 했는데 알고 보니 병원 원장이 진료실에서 골프 연습하는 소리였다. 사무국장도 내게 꼭 골프를 배워보라고 권했다. 하지만 내가 골프를 배우게 되는 날은 오지 않을 것이다. 이명박 씨가 환경운동을 하게 되는 날이 온다면 모를까. 위층에서 골프장 반대하다 실신한 분이 주사를 맞고 있고 바로 아래층에서는 그분이 낸 병원비로 골프장에 가는 원장이 골프 연습을 하고 있다. 세상 참 요지경이다.

#2

(당선된 도지사는 결국 약속을 지키지 않았고 환자분은 다시 거리로 나설 수밖에 없었다. 강원도청 앞에서 천막 농성이 시작되었고 406일간 지속됐다. 이 글은 그 마지막 기록이다.)

얼굴이 시려서 잠을 깼다. 전기장판은 뜨끈했지만 천막 안 공기는 전혀 데워지지 않았다. 몸은 한여름이었지만 얼굴은 시베리아 벌판에 서 있는 듯했다. 새벽 4시. 일어나야 할 시간이다. 아내를 깨웠다. 아내도 얼굴이 시렸는지 옷가지들을 얼굴에 덮고 자고 있었다. 일어나 정신을 차리려고 옆에 있던 생수통에 든 물을 무의식중에 마셨던 아내는 깜짝 놀란 표정이다. 생수통의 물이 얼음 알갱이들이 되어버렸는데 모르고 그냥 마셔버린 것이다. "영하 20도는 된 줄 알았네. 무슨 액체 질소라도 마신 줄 알고 깜짝 놀랐어." 집에 돌아와 아내가 한 말이다.

한파주의보가 내려진 날 밤. 도청 앞 골프장 반대 농성 천막에서 텐트를 지켰다. 밤 11시가 넘어가서 함께하던 네 사람이 집으로 돌아갔고 아내와 나는 텐트에서 숙박을 했다. 얇은 비닐 포대를 뚫고 한겨울의 한기가 고스란히 텐트 안으로 들어왔다. 이런 밤이 405일째. 이 방은 그래서 벌써 405호가 됐다. 아내와 나는 그중 3일을 함께했다. 자정 즈음 화장실을 가려고 나오니 시내를 거만

하게 내려다보는 도청의 위치 때문에 한밤의 춘천 시내가 내려다보였다. 추운 날씨 때문인지 그 불빛들은 유난히 더 따듯하게 느껴졌다. 나머지 402일을 이 텐트 안에서 지새웠던 분들은 저 불빛들의 침묵을 어떻게 받아들였을까. 그분들이 느꼈을 외로움이 텐트 안의 추위보다 더 서늘하게 다가왔다.

농성장에서 나와 옷을 갈아입고 출근한 병원은 연말이라서 밀린 건강검진을 하는 사람들로 북새통이었다. 나는 마치 환자를 나르는 컨베이어벨트처럼 정신없이 진료를 했다. 그날, 골프장 건설을 전면 재검토해준다는 어느 대선 후보 캠프의 말에 천막은 자진 철거됐다. 건설 중단도 아니고 재검토라는 그 세 마디 말을 듣기 위해 그 많은 할머니 할아버지들이 1년이 넘는 날을 길바닥 위에서 자고 법원에 끌려다니고 가압류가 떨어지고 불면의 밤을 보내야 했다는 것이 기가 막혔다. 놀라운 일이지만 골프장 건설은 현재 한국에서 공익사업으로 지정돼 있다. 몇만 평에 이르는 산의 나무들을 전부 베어내고 그 위에 매년 맹독성 농약을 뿌려 식수를 오염시키며 골프를 치는 일이 한국에서는 모두 공익을 위한 것이다. 공익사업이기 때문에 어느 지역이 골프장 건설 부지로 선정되면 거기에 살던 사람은 전부 군말 없이 떠나야 한다.

수십 년간 조상을 모시던 묏자리라도 골프장이 들어온다면 무조건 옮겨줘야 한다.

나의 고향은 어디일까. 내가 태어난 전라도 어느 포구인가. 맞다. 하지만 틀리기도 하다. 내 고향은 실은 그곳에 없다. 흙먼지 날리던 골목길도 아이들도 친구들도 모두 사라졌다. 내 고향엔 이제 서울의 삶이 있을 뿐이다. 그래서 어쩌면 내 고향은 저기 홍천의 두미리에, 구정리에 있을지도 모르겠다. 그저 대대로 농사지으면서 자신의 뼈를 묻고 자식들이 이웃과 우애하며 살아가기를 바랄 뿐이라는 두미리 이장님의 마음속에.

몇 년 전 대한문 앞에서 열린 골프장 반대 생명버스에 참여했을 때다. 촛불 하나의 온기로 버티기에 초겨울의 추위가 만만치 않아 손발이 시렸지만, 지팡이를 옆에 세우고 맨 앞줄에 앉아 사회자의 얘기를 귀담아들으시는 할머니의 등을 보는 일은 더 시렸다. 할머니의 등은 내게 '당신이 올 때까지 이 싸움은 결코 끝나지 않을 것이다'라고 말하는 듯했다. 고향에서 쫓겨나 거리 위에서 〈고향의 봄〉을 부르던 그분들의 모습이 지금도 잊히지 않는다.

오솔길에 대한 예의

원주에서부터 알고 지
낸 인연으로 우리 병원에 진료받으러 오시는 부부가 나
와 아내를 집에 초대한 적이 있다. 그냥 점심식사나 하러
오라고 하셔서 수박 한 통을 사 들고 가벼운 마음으로 가
평의 어느 산자락에 있는 댁을 찾아갔는데 이미 몇 분이
와 계셨고 두 분이 예식 같은 것을 하고 계셔서 깜짝 놀
랐다. 알고 보니 그날이 두 분의 금혼식이어서 지인들과
가족이 집 마당에서 함께 축하를 하고 있던 거였다. 일흔
이 넘으신 두 분이 서로에게 편지를 써서 읽어주고 자제
분들과 손자들이 축하곡을 부르는 모습을 보면서 뜻밖
의 선물을 받은 것처럼 행복했다. 그 자리에 있던 따님은
그 동네에서 태어나 줄곧 자랐다고 한다. 아빠와 함께 토

끼 잡으러 뒷산에 갔다가 허탕 치고 와서 엄마 몰래 토끼를 장에서 사 왔던 어렸을 적 기억을 얘기해주는데 그 모습이 너무나 부러웠다. 그의 기억은 모두 '여기'에 있기 때문이었다. (내 어릴 적 기억은 모두 마음속에만 있을 뿐 이 세계의 어디에도 존재하지 않는다. 아마도 내 또래 이후의 많은 사람이 그러할 것이다.) 하지만 그분도 걱정이 있었다. 의암호 가운데 있는 섬인 중도에 레고랜드가 세워지면 서울에서 오는 사람들의 교통 혼잡을 피하기 위해 이 마을 주변으로 도로가 뚫린다는 소문이 있다는 것이다. 그렇지 않아도 마을 앞에 큰 도로가 있어서 소음에 고생이 많은데 또다시 도로가 뚫린다면 어찌해야 하나 걱정이 앞섰다.

처음 춘천에 왔을 때 여기에서 살아도 되겠다는 생각을 한 것은 구봉산 전망대에서 산 아래를 내려다보면서였다. 겨울바람 차던 그곳에서 멀리 보이던 산들의 모습. 허리쯤에 하얀 눈이 쌓여 있는 모습을 보며 무슨 환영 인사라도 받은 것처럼 참 좋아라 했다. 그렇게 아는 사람도 없고 단 하루도 지내본 적 없는 도시에서의 삶이 시작됐다. 간혹 마음이 힘들 때면 선착장 근처에서 강 건너 중도를 바라다보곤 했다. 중도의 끄트머리가 소양강 수면 위로 잠기는 모습을 가만히 보고 있노라면…. 왜 그랬을까. 나도 모르게 마음이 차분해지고 위로가 되었다.

말로 설명할 수는 없을 것 같다. 아무도 설명하진 못하지만 누구나 알고 있는 그런 경험이 있는 거니까. 하지만 이제 얼마 후면 그 풍경도 사라질 것이다. 그 나무들과 오솔길이 죽은 자리에 레고랜드를 들여오려 한다. 레고랜드가 들어서면 땅값이 오를 거고 집값이 오를 거고…. 찬성하는 세력들의 얘기는 신문과 방송에 넘쳐난다. 이유는 많지만 알고 보면 결국 돈 얘기다.

하지만 돈으로 환산되지 못하는 것들은 아예 가치조차 없는 걸까. 춘천 시민이라면 강 건너로 보이던 중도와 삼악산의 넉넉하고 고즈넉한 모습에서 마음의 위로를 받은 경험이 누구나 한 번쯤은 있을 것이다. 그 위로의 가치는 도대체 얼마일까. 세계 최대 규모라는 레고랜드에 휴일이면 들어올 자동차들의 매연은 모두 누구의 폐로 가는 걸까. 그 차들의 소음과, 찾아오는 관광객들이 버리고 가는 것들은 또 어디로 가는 걸까. 그 쓰레기들의 가치는 얼마일까. 많은 자동차들이 들어오게 하려면 또 어딘가에 새로운 도로를 낼 것이다. 산이 뚫릴 것이고, 그 도로가 지나갈 길 위에 사는 사람들은 평생 살아온 삶의 터전을 강제로 빼앗길 것이고, 그 도로 근방의 집들은 휴일마다 쏟아지는 소음과 매연을 견뎌야 할 것이다. 운이 나쁘면 노부부도 거기에 해당될지 모른다.

춘천에서 어렸을 때부터 살아온 분들에게 전해 들은 얘기로는 수십 년 전만 해도 중도는 걸어서 들어갈 수 있었다고 한다. 아이들이 중도 모래사장에서 강물을 따라 수영하다보면 가평까지 떠밀려 갈 때도 있었는데, 그러면 햇빛에 빛나는 기나긴 모래사장을 밟고 중도까지 걸어 올라오곤 했다. 그때 중도에서 수영하며 놀던 아이들의 기억은 정말 아무런 가치가 없는 걸까. 이제는 할아버지 할머니가 되었을 그 아이들에게 지금의 춘천은 어떤 의미일까. 그 모래사장과 강물이, 숲이, 골목길과 집들이, 그리고 이웃들이 모두 사라져버린 고향은 정말 고향인 걸까. 돌아가신 할아버지의 유품에 가격을 매기지 않듯이 유적들은 관광 상품으로서의 가치 이전에 그 자체로 소중하다. 얼마 전 중도에서 발견된 그 유적들의 가치에 대해서도 우리는 꼭 돈 얘기를 해야 하는 걸까. 그러면서 우리가 아이들에게 정말 돈이 세상의 전부가 아니라고 말할 수 있는가. 최소한 부끄러워할 줄 아는 인간으로서 나는 그렇게 못하겠다.

　　중도에 레고랜드가 들어서면 이제 나의 중도는 이 지구상에서 없어지게 된다. 우리가 아이들에게 물려줄 수 있는 게 고작 레고를 가지고 노는 거대한 놀이터뿐이라고는 생각하지 않는다. 아무런 손도 대지 않는 것, 아무엇도 하지 않는 것이야말로 우리가 자연에게 할 수 있는 가장 중요한 행동이다. 그리고 그것을 위해서라도 지금은 무언가를 해야만 하는 시기다. 그것이 중도의 숲과 오솔길들이 내게 준 위로에 대한 최소한의 예의라고 나는 생각한다.

우리가 빛의 속도로 내릴 수 없다면

#1

_____ 엘리베이터를 탔는데 처음 보는 아이 둘이 타고 있다. 얼마 전에 이삿짐센터 차가 아파트 앞에 있던 것이 생각났다. 인사도 할 겸 말을 걸어봤다. "처음 보는 거 같은데, 이번에 이사 왔구나?" 두 아이 모두 멀뚱히 보다가 하는 말. "아닌데요. 저 이사 온 지 9년 됐어요. 이 친구는 5층에 살고 저는 10층에 사는데요." "어 그래…" 다행히 그 순간 엘리베이터는 내가 내릴 층에 도착했다.

#2

"이 아저씨가 저 아저씨야." 엘리베이터를 함께 탄 아주머니가 옆에 서 있던 꼬마에게 말한다. 여기서 '이 아저씨'란 나였고, '저 아저씨'란 아파트 엘리베이터 공고란에 붙어 있는 동대표 후보자 사진에 나온 내 얼굴이다. 내 얘기 하는 걸 듣고 나도 대뜸 대꾸했다. "사진을 가급적이면 얼굴 못 알아볼 만한 걸로 골랐는데… 어떻게 금방 알아보시네요." "아, 네~" 그리고 다시 침묵. 꼬마마저도 묵묵히 벽을 보고 있다. 썰렁한 대화의 당연한 결과다. 다행히 엘리베이터는 또 내가 내리는 층에 도착했고 나는 빛의 속도로 인사를 하고 내렸다. 몇 년 전 내가 살던 아파트에서의 일이다. 며칠간의 고민 끝에 아파트 동대표 선거에 나갔고 90퍼센트 이상의 압도적인 찬성으로 선출됐다. 당연한 결과였다. 우리 동에서는 나 말고 아무도 입후보하지 않았으니까.

집에 있는 것들 중에 일상의 삶 속에서 나와 접촉하는 물건은 많지 않다. 사는 데 꼭 필요한 것이라고 생각했던 것과 실제로 내 삶을 구성하는 것 사이에는 큰 괴리가 있다. 고장 난 마우스, 매번 이 사이에 끼이는 치실, 자꾸만 뒤로 젖혀지는 모니터…. 이런 것들을 집문서라든가 자동차만큼 중요하게 생각하는 사람은 없을 것이다. 하지만 그 작은 물건들이 기능을 못하는 순간 우리의 일상은 자꾸만 삐거덕거리기 시작한다. 나에게 아파트 입주민 대표회의는 그런 것이었다. TV 안에서만 겨우 만나는 정치인이나 연예인들의 일에는 열변을 토하는 사람들이 많지만 막상 그 TV를 켜는 리모컨의 단추가 작동을 잘 안 하는 것에는 별 관심이 없다.

나도 그랬다. 하루 중 절반의 삶은 아파트에서 보낸다. 내가 밖에서 어떤 대단한 (실제로 그런 일도 없지만) 일에 관여하더라도 그 사실에는 변함이 없다. 시민사회 일을 한다고 모임에서 만나는 사람들보다 옆집 부부를 더 자주 본다. 왕래가 없어서 그렇지 아파트 한 동은 커다란 집 한 채다. 위층에서 누군가 걸어 다니는 소리가 들리면 '아 이제 일어나서 출근하시나 보다' 하고, 아래층에서 피아노 치는 소리가 들리면 '애가 벌써 학교 다녀왔네' 하고 알 수 있는 집에서 나는 살고 있는 것이다. 큰방과 작은방 사이의 칸막이보다 살짝 더 두꺼운 벽으로 구획된 이웃은 실은 이웃이 아니라 동거인이다. 이보다 더 가까울 수가 없다. 헌법이 바뀌는 것보다 더 중요한 것이 일상이 바뀌는 것이라는 거창한 생각도 했다. 하지만 그보다는, 몇 년 동안 같은 공간에서 살아온 아이의 얼굴도 못 알아보는 사람이 과연 동거인의 자격이 있는지에 대한 반성으로 아파트 동대표 일을 시작했다.

#3

입주민 대표회의에서 관리사무소장은 '시에서 쓰레기 분리수거장이나 야외 운동시설을 수리하는 비용을 지원해 주기로 했으니 개선해야 할 점이 있는지' 물었다. 말씀하는 분이 없어서 내가 한마디했다. "다들 아시겠지만 음식물 쓰레기를 버리고 나면 손이 지저분해져서 옆 수도에서 수도꼭지를 손으로 돌려 손을 씻잖아요. 번거롭기도 하고 지저분한 손으로 만지는 거라 찜찜합니다. 발로 한 번 누르면 물이 나오고 다시 누르면 멈추는 장치를 바닥에 설치하면 좋을 것 같아요." 내가 생각해도 꽤 신선한 아이디어였다. 수술방의 경험을 갖고 있는 나 같은 사람이 아니면 생각할 수 없을 정도로. 하지만 다른 동대표들은 '그런 게 왜 필요해?'라는 반응이었다. 여쭤보니 입주민 대표 9명 중에서 나를 제외하고는 아무도 음식물 쓰레기를 본인이 직접 버리지 않았다. 그런 불편함이 있다는 것을 다들 모르고 있는 거였다. 입주민 대표 9명은 모두 남성이고 50대 이상이다. 내가 가장 나이가 어리다. 입주민 대표회의 회장도 가장 연장자가 하고 있었고 2년 후 그다음 연장자가 바통을 이어받았다. 지방의 동네 모임만큼 연령이나 직업별로 수직구조화가 잘되어 있는 곳이 없다. 쓰레기 분리수거를 한 번도 하지 않는 사람들이 분리수거 환경에 대한 결정 권한을 갖는 이 기이한 현상은 우리 사회의 보편적인 현상이다.

우리 동네 ○○교회 사거리는 춘천의 대표적인 번화가 중 한 곳이다. 이곳 왕복 6차선 도로에는 횡단보도가 있고 건너편 보도블록과 연결되어 있다. 문제는 이 보도블록의 턱이 굉장히 높다는 것이다. 처음 동네에 이사 왔을 때부터 있던 이 턱 때문에 자전거로 출퇴근할 때마다 턱 앞에서 자전거를 세워 내려야 했다. 간혹 시간에 쫓겨 그냥 자전거로 넘어가려다 중심을 잃어 넘어질 뻔도 하고 장바구니에 넣어두었던 유리병이 튀어 올라 땅바닥에 떨어져 깨지기도 했다. 궁금했다. 하루에도 수백 명의 주민들이 지나다니는 번화가에 있는 이 턱은 왜 없어지지 않는 걸까? 답은 간단했다. 이 턱을 없앨 수 있는 권한을 가진 사람들이 이 길을 걸어 다니지도 자전거를 타고 다니지도 않기 때문이었다. 공무원과 정치인들 대부분은 자가용을 타고 다닌다. 그러니 보도블록에 이런 턱이 있다는 것 자체를 알지 못한다. 내가 살고 있는 조그마한 아파트 지하실의 입주민 대표회의에서 벌어지는 일은 시청 공무원들의 회의실에서도, 시의회에서도, 국회에서도, 청와대에서도 발생할 것이다.

이용하는 시민이, 경험하는 사람이, 피해자가 권한

을 가져와야 한다. 보도블록을 어떻게 만들지는 그 길을 걷는 사람들에게 가장 먼저 물어야 한다. 놀이터를 만들 때는 거기에서 노는 아이들과 부모들에게 먼저 물어야 한다. 동네에 길을 뚫을 때는 그 동네에 사는 사람들의 동의가 최우선에 있어야 한다. 그들이 우리에게 묻지 않는다면 우리가 그들에게 물어야 한다. 왜 그 턱을 없애지 않는가? 왜 그 길을 뚫었는가? 왜 그 나무들을 베어냈는가? 질문이 없으면 변화도 없다.

#4

연말의 아파트 입주민 대표회의에는 안건이 많았다. 특히 관리사무소 직원들과 청소 노동자들의 임금 인상을 결정해야 할 때는 난상 토론이 있었다. 노동자들의 임금을 인상하면 당연히 입주민들의 관리비 부담이 늘어난다. 그래서 입주민 대표들은 대개 임금을 올리는 것에 반대하기 마련이다. 하지만 최저임금이 인상된 상황에서는 올리지 않을 수가 없다. 문제는 어떻게 올려줄 것이냐였다. 이런 상황을 잘 알고 있는 관리사무소장은 두 가지 안을 제시했는데 대략 설명하면 이렇다. A안은 법에서 정한 대로 최저임금 상승률을 그대로 반영해 월급을 올려주는 것이다. B안은 휴게 시간을 늘림으로써 최저임금 인상으로 인한 임금 상승을 줄이려는 일종의 편법이다. A안대로 하면 입주민들은 B안보다 매달 관리비를 700원 더 내야 한다. 하지만 만약 A안이 채택된다면, 예를 들어 우리 아파트 전기기사분이 받을 월급은 B안에 비해 매달 10만원씩 늘어난다. 결과는 어떻게 되었을까.

동대표 대부분이 B안에 찬성했다. 나만 홀로 A안에 찬성했다. "저도 무기계약직 직장인입니다. 최근에 직장에서 다시 계약서를 썼고 월급 인상 문제로 임원들과 신경전을 벌였습니다. 그런 제가 직장에서는 내 월급 올려달라고 목청을 높이면서 여기서는 노동자들의 임금을 깎으려 한다면 일관성이 없는 게 아닐까요? 우리가 일하는 직장에다 월급 올려달라고 얘기하는 게 이상하지 않듯이 이 자리에서 아파트에서 일하는 분들의 월급을 더 올려야 한다고 하는 것도 이상하지 않은 겁니다." 중언부언하며 열변을 토했지만 결국 투표 결과는 8대 1로 B안이 통과됐다. 이전 회의 때 시청에서 지원하는 시설 보조금을 어디에 쓸지 결정하는 자리에서 입주민 대표 회장은 경로당보다는 아이들 놀이터에 지원하는 게 좋겠다는 의견에 힘을 실어주었다. 연로하신 분임에도 자신에게 실질적 도움이 되는 길을 선뜻 양보하시는 모습이 참 좋게 기억되었다. 하지만 그 좋은 기억도 이번 결정의 아쉬움을 덜어주진 못했다.

그리고 몇 달 후. 부엌의 전등을 LED로 바꾸는 일 때문에 관리사무소 직원이 우리 집에 찾아왔다. 전기 수리하시는 기전반장님은 전에도 몇번 집수리 때문에 뵌 적이 있고 자전거로 출근할 때마다 아파트 입구에서 자주 마주쳐 반갑게 인사도 나누는 사이였다. 그런데 처음 뵙는 분이 왔다. "전에 일하던 분은 휴가세요?" "아, 그분이요. 그만두셨어요. 저는 이번 달부터 일하고 있어요." 알고 보니 다른 직원들도 모두 바뀌었다고 한다. 한 분이 그만두는 거야 개인 사정이라지만 모두 그만두었다는 것은 조직의 사정이 있다는 뜻이다. '그래. 차라리 잘됐어. 최저임금도 반영 안 하는 곳이면 그만두는 게 낫지.' 속으로 생각하면서도 그분들에게 미안했다.

입버릇처럼 정의를 입에 달고 사는 사람은 많지만 일관성이 있는 사람은 보기 드물다. 정치에 대해서는, 저 멀리 있는 세계의 일들에는 핏대를 올리며 옳고 그름을 얘기하던 이들이 막상 지금 여기의 일에는 침묵으로 일관한다. 배려의 이름으로 상대방의 눈치를 보고 나중의 관계를 도모하려 지금의 잘잘못을 따지지 않는다. 이 세상의 갈등에 대해서는 수많은 말을 쏟아내면서도 막상 지금 이곳의 갈등, 누군가의 손을 들어주어야 하는 일에는 침묵한다. 관여하지 않는 방식으로 관여하고 어느 한쪽도 편들지 않음으로써 한쪽 편을 든다.

기전반장님을 처음 만났을 때 생각이 난다. 이사 오면서 했던 집주인과의 계약 때문에 한참 속상해하던 참이었다. 오래된 집들에서만 살다 온 우리 부부는 지은 지 몇 년 안 된 아파트를 많이 낯설어했다. 집 안 구석구석의 시설들을 싫은 내색 없이 친절하게 설명해준 그는, 그래도 우리가 참 괜찮은 아파트에 이사 왔다고 느끼게 해준 첫 번째 사람이었다. 매일 만나는 사람들의 삶을 바꾸는 건 정치인만 할 수 있는 것이 아니다. 나 또한 그의 삶을 바꿀 수 있는 결정에 참여했다. 그리고 얼마 후 그는 우리 아파트를 떠났다.

작은 공간의 행운

──────────── 단지 세 사람이 앉아

있었다. 춘천생협에서 열린 '동네 명의 사건 보고서' 강

연회 날. 2017년 중앙일보에서 '동네 명의'란 이름으로

'우리동네 우수의원 164곳'을 발표했을 때의 일이다. 건

강보험심사평가원의 진료 평가 항목 5가지를 근거로 강

원도에서는 6곳이 선정됐는데 그중에 내가 일하는 병원

이 들어갔다. 강연회는 중앙일보가 제시한 동네 명의의

기준은 어떤 것이고 그 기준이 정말 믿을 만한 것인지,

그리고 동네에서 좋은 병원을 찾으려면 어떤 기준을 가

지고 접근해야 할지 함께 고민해보는 자리였다. 비가 오

기도 했지만 너무 적은 숫자에 흠칫 놀랐다. 강의를 진행

하는 중에 10명으로 늘어나긴 했지만 하루 시간을 비워

준비까지 했는데 이건 너무 적은 게 아닌가 싶었다. 하지만 강의가 진행되면서 실망감은 부끄러움으로 바뀌었다. "예방접종은 꼭 맞아야 하는 건가요?" "아이들이 설사할 때 지사제를 꼭 먹여야 하나요?" "중이염 있는 아이도 항생제 복용하지 않고 낫는 경우가 있지 않나요?" "약 복용이 꼭 필요한지 되물었다가 30분 동안 의사 선생님한테 붙들려 잔소리 들었어요." 다른 이들은 질문하지 않는 것을 질문했다는 이유로 감당해야 하는 외로움. 그리고 이곳에서 함께 질문을 던지고 답변을 듣는 과정에서 자신이 잘못되지 않았다는 걸 알게 되면서 느낀 위안. 그런 것들이 그 작은 공간 안에서 숨죽이며 빛을 발했다.

어딜 가나 모임을 커다란 공연장으로 만들려는 사람들이 있다. 그들은 무대를 만들고 자신이 그 무대의 주인공이 되고 싶어 한다. 그러면 모임은 자연스레 두 부류로 나뉜다. 무대 위에 서는 사람과 그걸 구경하는 사람. 두 부류는 능동적인 사람과 수동적인 사람이라는 점에서 상반되는 것 같지만 결국 외로워진다는 점에서는 둘 다 같다. 모임은 생기를 잃어간다. 강연도 마찬가지인 것 같다. 어떤 규모 이상이 넘어가면 강연은 무대가 되어버린다. 아무리 뛰어난 강사의 강연이라 하더라도 결국 소통이 사라진다. 감흥도 없어지고 아름다움도 사라진다.

강의 이틀 전 생협 매장에서 장을 볼 때였다. 옆자리에서 실무자가 조합원들에게 전화를 거는 걸 우연히 들었다. 강의에 나오시라는 독촉(?) 전화를 하고 있었다. 그렇게 최선을 다했지만 이 정도였다. 어려운 시절이다. 틈만 나면 나는 규모의 경제를 비판했다. 작은 것이 아름답다고도 했다. 하지만 나는 과연 어디에 서고 싶어 하는가. 더 많은 사람이 보는 방송, 더 유명한 사람이 오는 강연회, 더 많은 사람이 읽는 신문과 잡지를 내 몸은 지향하고 있지 않은가. 수많은 동네슈퍼가 사라진 이유가 과연 대형마트 때문이기만 했을까. 그러면서 말로는 소박한 것이 아름답다고 한다. 앞뒤가 안 맞는다.

무대에 서려고만 했던 자신이 부끄러워지는 건 무대 위에 서서 다른 이들의 얼굴을 볼 때다. 무대를 준비한 사람들의 얼굴, 무대를 위해 일부러 찾아와준 사람들의 얼굴, 조명 없이도 빛나는 얼굴들. 그래서 내가 아니라 우리가 무대를 만들고 있다는 생각이 들 때, 내가 이 시간을 만든 게 아니라 우리가 이 시간을 가치 있게 만들고 있다는 걸 느낄 때 자연스레 무대에서 내려와 객석에 앉아 있는 나를 본다.

직업 때문에 가끔 강연을 의뢰받을 때가 있다. 수백

명의 청중이 있는 곳에도 서봤지만 가장 기억에 남은 건 몇 년 전 동네 작은 도서관에서 했던 강연이었다. 열 분 남짓한 인원이 자그만 방에 앉아서 내가 웃을 때 웃고 내 마음이 울 때 함께 울어주었다. 나는 그때 눈물이 왜 아래로 흐르는지 알 것 같았다. 빛은 결코 가닿을 수 없는 무언가가 어두운 마음의 맨 밑바닥에 있기 때문이었다. 그걸 채워준 그분들의 눈물을 잊지 못할 것이다. 따듯한 난로를 쬐듯 옹기종기 앉을 수 있는 작은 공간이 아니었다면 불가능했을 일이다. '강연회나 모임을 할 때 이렇게 작은 공간이 허락된다는 것이 얼마나 행운인가.' 오늘 한 강연이 좋았는지 물으며 나는 스스로 이렇게 대답하고 있었다. 지향해서 아름다워 보이는 게 아니었다. 아름답기 때문에 지향하는 것이다. 만인을 위한 노래는 결국 가장 소중한 한 사람을 위한 노래일 수밖에 없다.

뚜껑 열리는 소리

                         그 집에서 아침에 일어나 제일 먼저 한 일은 따뜻한 커피 한 잔을 내려 창가에 가서 우아하게 마시는 일이 아니었다. 졸린 눈을 비비면서 망치와 정을 들고 베란다로 나가 간밤에 얼어붙은 얼음을 깨는 일이었다. 유난히 추웠던 몇 년 전 겨울에 내가 살던 2층 전셋집 얘기다. 처음 그 집을 보러 간 날, 10월이었는데도 들어서자마자 한기가 느껴졌다. 집이 너무 추운 것 같다고 했더니 중개업자가 한 말이 '얼마 동안 비어 있어서 그렇고 난방을 잘하면 전혀 춥지 않다'는 것이었다. 그 말을 믿고 계약했고 집에 들어와 살면서 난방을 정말 잘했지만 집은 전혀 따뜻해지지 않았다. 너무 추워서 거실에 있다보면 입에서 저절로 욕이 나왔다. 견디다 못해 집주인에게 전화해서 거실에 단열을 위한 새시라도 해달라고 부탁했다. 내 하소연을 듣고 난 집주인이 하는 말은 이랬다. "집이라는 곳이 따듯한 느낌이 있어야 하는데 그렇게 외풍이 새면 살기 참 힘들겠네요." 순간 눈물이 핑 돌았다. 아, 내 얘기에 공감을 해주는구나 싶었다. 그런데 그다음 말이 "그러니 그런 집에서 어떻게 삽니까. 그냥 이사하세요!"였다. 말문이 막혔다. 결국 나는 그 겨울 내내 출근 전 베란다로 가서 망치질을 해야 했고 집주인은 나중에 집세를 올려달라는 연락을 해왔다.

그 즈음의 집은 내게 꿈을 잡아먹는 장소였고 집주인은 도둑이나 마찬가지였다. 우리 부부가 몇 년 동안 아끼며 저축해놓은 돈은 모두 집세 올린 집주인들의 주머니로 흘러들어갔다. 그들은 범법자는 아니지만 내 주머니를 합법적으로 털어가고 있었다. 집주인이 그토록 자신감 있었던 건 춘천의 전세난 때문이었다. 그때 춘천 아파트 가격은 급격히 올라서 어떤 곳은 2년 전 가격의 두 배가 됐다. 원인은 개발이었다. 서울에서 춘천역까지 전철이 놓이게 된 것이다. 개발은 그전까지 같은 시민이었던 사람들을 피해자와 수혜자로 갈라놓았다. 하늘(실제로는 정부와 토건 세력)에서 개발이라는 사다리가 내려오자 그전까지 평화롭던 도시가 한순간에 아수라장이 되었다. 아파트를 사서 기회를 잡은 사람들은 사다리를 타고 올라가며 부러움의 대상이 됐지만 기회를 놓친 사람들은 조용히 집으로 들어가 서로에게 책임을 전가하는 부부싸움이나 하며 나락으로 떨어졌다. 사회적으로도, 더 슬프게는 스스로도 피해자들은 피해자가 아니라 무능력자일 뿐이었다. 수혜자들은 그저 능력자였다. 부끄러워해야 할 사람이 부끄러워하지 않는 것이 부끄러운 사회의 특징이라면 그곳은 부끄러운 사회였다.

1년 후. 중국집에서 우연히 건너편에 앉아 식사하고 있는 중개업자를 마주쳤다. 잊을 수 없는 얼굴이었다. 그에게 말하고 싶었다. '그렇게 살면 안 됩니다.' 하지만 끝내 말하지 못하고 짜장면만 먹다 나왔다. 다음에 전세 구할 때 또 그를 찾아가야 할 수도 있기 때문이었다. 동네의 중개업자는 나와 같은 전세 난민에게는 갑이었다. 어떤 중개업자는 나에게 상대편 중개업자의 복비까지 챙겨주면 소개를 해보겠다는 놀라운 제안까지 했다. 복비를 두 배로 내라는 얘기였다. 최소한의 상도덕도 없었지만 뭐라 항의도 못했다.

적어도 부동산 시장에서만큼은 우리는 서로 쓰레기통에서 뒹굴어야 겨우 살아남을 수 있는 비극 속에 살아가는지도 모른다. 다들 무능력자의 위치에서 벗어나 수혜자 집단에 들기 위해 무슨 짓이라도 할 기세다. 시간이 흐를수록 그런 이들은 더 늘어날 것이다. 이해가 안 되는 것도 아니다. 누군들 '벼락거지'가 되고 싶겠는가. 쓰레기통 안에 아무리 악취가 가득 차 있다 한들 쓰레기통은 스스로 뚜껑을 들어 올리지 못한다. 사회 안에 고통의 목소리가 아무리 만연해 있다 한들 고통 그 자체는 무력한 냄새처럼 시스템이라는 뚜껑을 들어 올리지 못한다. 뚜껑을 들어 올려줄 힘은 결국 정치에서 나온다. 지금 한국에 그런 정치가 있는가. 무차별 공급이라는 사다리를 기다렸던 게 아니다. 지금의 집값을 끌어내릴 수 있는 저렴한 주택들을 정부가 공급해주길 바랐지만, 내놓은 정책들은 아파트로 돈을 벌 수 있다는 기대를 없애주기에 턱없이 부족하다.

내가 매일 산책을 나가는 개천 길가에는 최근 몇 년 동안 몇 억이 올랐다는 주상복합 아파트가 보란 듯이 서 있다. 30층이 넘는 이 건물은 시내 어디서든 보인다. 개천을 따라 저녁마다 줄지어 산책하는 사람들은 저 아파트를 보면서 무슨 생각을 할까. 수혜자가 되는 데 실패한 피해자들의 집집마다 체념과 분노로 들썩거리는 뚜껑 소리가 들리는 것만 같다.

진료실 문을 열고 나오면

————————————— "어제 항암치료 때문
에 만난 의사가 파업 때문에 밤을 새웠다 하면서 엄청 피
곤해하더라고. 그러면서 하는 말이 항암 부작용으로 콩
팥 기능이 망가져서 죽을 수도 있다면서 예전에 자기 환
자도 그런 경우가 있었대. 오늘이라도 항암을 시작하자
면서 하는 말이 그래. 그동안 여러 의사랑 상담하면서 한
번도 운 적이 없는데 어제는 나도 집에 왔는데 눈물이 나
더라고." 지인의 말을 들으면서 나는, 같은 의사임에도
이 '의사 놈'이 옆에 있으면 멱살이라도 잡고 싶은 마음
이었다. 객관적 사실을 전달하는 게 문제가 아니었다. 그
사실을 어떤 마음으로 전달했는지가 중요했다. 진료실에
있다보면 환자들은 무섭게 내 마음을 알아차린다. 정말

숨길 수 없다. 의사인 나도 이런 '의사 놈'을 만나는 게 두렵다.

오늘 왕진 가서 만난 손 할아버지는 약을 가지러 큰 방에서 작은방으로 가면서 다리를 모아 포대에 채우고 엉덩이를 방바닥에 끌면서 갔다. 우리가 가져와도 된다고 말씀드려도 서랍에 넣어놓았기 때문에 본인밖에 모른다며 그렇게 직접 가지러 갔다. 4년 전 할아버지는 일어서다가 갑자기 하반신 마비가 왔다. 마비가 오고 나서 2주가 지나서야 병원을 찾았다. 방광이 꽉 찼는데 소변이 나오질 않았고 질질 새는 지경이 되어서도 병원에 가지 않았다. 사정을 묻지 못했다. 말할 수 없는 사정이 있었을 거라 생각할 뿐이다. 병원을 너무 늦게 간 탓에 수술 후에도 결국 마비는 평생 남게 되었고 장애 3등급의 장애인이 되었다.

왕진을 다녀올 때마다 마음속에 돌 하나씩을 얹고 집에 돌아온다. 진료실에 갇혀 있을 때도 당연히 나는 환자를 만났다. 그들 중에는 내가 왕진을 가서 만나는 분들과 비슷한 처지에 있는 이들도 있었을 것이다. 하지만 병원에서 근무할 때는 몸이 힘들긴 했어도 마음이 힘들진 않았다. 왕진을 가면서는 환자를 훨씬 적게 만나는데도 몸은 둘째 치고 마음이 많이 힘들다. 그때 보이지 않았던 것을 지금 보고 있기 때문이다.

　진료실 안에서도 사람들을 만났지만 좀처럼 접촉은 일어나지 않았다. 손에 잘 잡히지 않는 비누처럼 서로 미끄러져 내려갔을 뿐이다. 증상 말고는 아무것도 보지 못했다. 의사로서의 기능에 충실할수록 나는 환자들의 삶에서는 멀어져갔다. 내 고민, 의사들의 고통은 들여다보여도 당신의 고민, 환자들의 삶은 보이지 않았다. 그렇게 해서 나는 '의사 놈들'이 될 수 있었다. 내가 그렇게 될 수 있는 것은 단순히 살 만해서라거나 돈을 많이 벌어서가 아니다. 그 돈을 어떤 과정을 거쳐서 버느냐에 따라 나는 '의사 놈들'이 될 수도 있고 '의사 선생님'이 되기도 한다. 아무런 접촉이 일어나지 않는 세계 속에 갇혀서 오직 자신의 욕망, 자신의 고민만 들여다보는 사람. 그것이 내가 있었던 의사들의 세계다. 진료실은 의사를 자폐적 세계에 가둔다. 타인의 고통에 누구보다 노출되어 있으면서도 누구보다 둔감할 수 있는 것도 그 덕분에 가능해진다. 왕진을 갈수록 의사들의 진료실을 혁파해야 한다는 생각이 굳어진다. 진료실이란 공간은 단순히 환자를 증상의 덩어리로 보게 하는 데 그치는 것이 아니라 의사로 하여금 환자들의 삶에 눈을 감게 만드는 눈가리개 역할도 한다. 국민의 정서와 유리된 의사 파업이 가능한 것도 의사들이 진료실 안에 갇혀 있기 때문이다.

　진료실에서 손 할아버지를 마주하는 의사는 그가 어떤 과정을 거쳐 자신 앞에 앉아 있는지를 보지 못한다. 병원으로 가기 위하여 그가 엉덩이를 끌면서 큰방에서 현관으로 가는 것도, 그걸 위해서 집에 있는 문턱이란 문턱은 다 깎아놓은 것도 의사에게는 보일 리가 없다. 그러니 환자에게 기다리라는 말이 가능해진다. 파업으로 자리를 비우겠다는 말은 환자가 병원에 오기까지 겪어야 하는 수많은 번거로움과 마음의 고통이 보이지 않을 때만 가능한 얘기다. 진료실 안에 있는 한 의사는 그것을 볼 수가 없다. 환자들은 진료실을 나가도 환자로서의 삶이 끝나지 않는다. 그런데 왜 의사의 역할은 진료실을 나가는 순간 끝나는 걸까. 의사가 진료실 문을 나설 때도 의사로서의 삶은 결코 사라지지 않는다. 새로운 의사의 삶이 시작될 뿐이다.

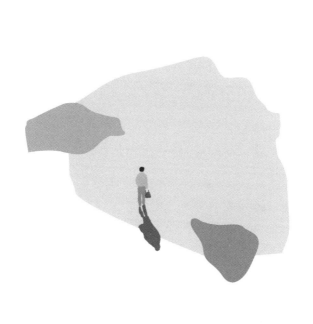

어두운 골목 안으로 걸어 들어간다.

집은 늘 그 어둠 속에 있었다. 누구나 어둠이 싫다.

내가 하는 모든 일은 결국 언젠가 그 어둠에 도달하게 된다.

나는 늘 어둠 앞에서 망설였다.

이제 함께 손을 잡고 그 어둠 속으로 들어간다.

그것이 우리들의 집이다.

아픔이 마중하는 세계에서

초판 1쇄 발행 2021년 4월 6일
초판 3쇄 발행 2023년 2월 28일

지은이 양창모
펴낸이 이상훈
편집인 김수영
본부장 정진항
편집1팀 김진주 이연재
마케팅 김한성 조재성 박신영 김효진 김애린 오민정
사업지원 정혜진 엄세영

펴낸곳 ㈜한겨레엔 www.hanibook.co.kr
등록 2006년 1월 4일 제313-2006-00003호
주소 서울시 마포구 창전로 70 (신수동) 화수목빌딩 5층
전화 02) 6383-1602~3 **팩스** 02) 6383-1610
대표메일 book@hanien.co.kr

ISBN 979-11-6040-470-8 03810